Alica Sullivan

–

Matthias Lange

Purificatio Sensualis

Alica Sullivan

–

Matthias Lange

Purificatio Sensualis

Verloren in der Dunkelheit

© 2024 Alica Sullivan, Matthias Lange (Hrsg.)
a.sullivanauthor@hotmail.com
Cover: Matthias Lange @matthiaslangeautor
www.matthiaslange-autor.de
Soundtrack: © Strange Invitation
Lektorat: Bente Amlandt
Korrektorat: Korrektorat Rechtschreibretter, Dominique Daniel
www.korrektorat-rechtschreibretter.de
Erschienen unter dem Label des Chaos Books Syndicate
www.chaosbooks.de

ISBN Taschenbuch: 978-3-384-19769-6
ISBN Hardcover: 978-3-384-19770-2

Vorwort

Sehr geehrte Leserin, sehr geehrter Leser,

im Text dieses Buches sind hin und wieder **QR-Codes** versteckt. Scheuen Sie sich nicht, diese mit ihrem Mobiltelefon zu scannen! Dahinter verbirgt sich jeweils ein Song aus dem Soundtrack des Buches, den ich zur entsprechenden Szene ausgewählt habe.
Am Ende der Geschichte finden Sie den QR-Code für den gesamten Soundtrack.

Alica Sullivan

Inhaltsverzeichnis

Ein Geist, auf der Suche nach der ewigen Ruh
Er, ein Wanderer, weit entfernt seiner Heimat

Ein Mädchen, nach der Liebe greifend
Sie findet, nur nicht das, was sie ersehnt

Ein Ort, er hat tiefe Wunden
Sein Feuer, es spendet weder Wärme noch Licht

Blindheit

Der Wald endete. Wenn es denn einer war. Ab vom Weg begann das Dunkel der Schatten. Schwarze Arme reckten sich in die Höhe. An ihren Enden hatten sie unzählige Finger, die den Himmel verdeckten.

Die Blätter in Grau, sie bildeten eine undurchdringliche Masse. Doch das Rascheln im Wind verriet sie. Dort war ein leises Summen. Ein kontinuierliches Raunen, welches man nur hörte, wenn man aufmerksam lauschte. Es schien aus allen Richtungen gleichzeitig zu kommen.

In dem von der Feuchtigkeit durchweichten Boden hinterließen seine Sohlen tiefe Abdrücke. Es kostete Kraft weiterzugehen. Liebend gerne wäre er einfach stehengeblieben. Hätte gewartet, hätte aufgegeben. Doch die Zeit vergisst nicht. Sie währt ewig, und solange sich das nicht änderte, war der Tod keine Option.

Neben seinen im Matsch einsinkenden Stiefeln erkannte er eine weitere Spur. Rundliche Abdrücke, die den

Weg weiterführten. Wasser sammelte sich in den Vertiefungen und plötzlich stach ihm ein Licht in die Augen, reflektiert von der Oberfläche der Flüssigkeit.

Er sah auf. Ein Stück weit vor ihm sah er ihre Silhouette vor einem fast strahlenden Hintergrund. Der Eindruck täuschte, doch er lockte auch einen Funken Hoffnung in ihm hervor.

Die Frau hob ihren Kopf und neigte ihn gen Himmel. Graue Wolken zogen über sie hinweg. Und dann war da ein Lichtstrahl, der durch diese undurchdringliche Decke hindurchstieß. Mondlicht, stellte er in Gedanken fest.

Ein Ruck ging durch seinen Körper und der Morast unter seinen Füßen machte ein saugendes Geräusch, als er sich wieder in Bewegung setzte.

»Seht nur, mein Herr. Die Dunkelheit hat ihr Ende gefunden. Ich sehe das Licht des Mondes. Wie lange ist es jetzt her? Eine gefühlte Ewigkeit. Geht es Euch nicht auch so?« In der Stimme der Frau schwang ein Singsang mit. Wie das Lied eines Vogels, an das er sich erinnerte. Er mochte es, wenn sie sprach und gerade deshalb musste er auf der Hut sein. Sie wusste davon und sie würde es einsetzen, um ihrem Streben nachzugehen. Es war ihre Natur. Dennoch konnte er sich ihrer Loyalität sicher sein. Zumindest, solange sie nicht das gefunden hatte, wonach sie suchte. Und das würde sie niemals tun.

Er blieb neben seiner Begleiterin stehen. Das Licht des falschen Sterns zeichnete harte Schatten in ihr weiches Gesicht. So lieblich, von Schönheit und Jugend durchzogen. Ihr schwarzes Haar fiel ihr über die Schultern, den Strapazen ihres Marsches auf verwirrende Weise trotzend, das Licht des Mondes spiegelnd.

Sie neigte den Kopf schräg, nur eine Nuance. Ihre Augen fixierten ihn und auf ihrem Mund zeichnete sich ein Lächeln ab. »Mein Herr. Glaubt Ihr, wir haben unser Ziel endlich erreicht?«

Einen Wimpernschlag lang blieb sein Blick noch an ihren dunklen Augen haften, dann ließ er von ihnen ab.

Der Weg führte abwärts. Er schlängelte sich den Hügel, auf dem der Wald geendet hatte, hinab, vorbei an Weiden und Feldern, in Richtung einer Ortschaft. Es war kein Licht zu sehen, keine Fackeln, keine Laternen, nur der Rauch aus den Schornsteinen einzelner Häuser war zu erkennen. Und noch etwas anderes. Etwas Bedrückendes, was sich in seiner Brust manifestierte und sie zu verschnüren schien.

»Wir werden sehen, was wir finden werden. Aber sei achtsam! Dieses Land ist verdorben. Hier lauert mehr als nur der Tod auf die Menschen.«

Mit Zeige- und Mittelfinger strich die Frau über seinen Rücken. Dann machte sie einen Schritt und sah ihm wieder in die Augen. »Habt Ihr mich einmal nicht achtsam erlebt, mein Herr? Ich erkenne Eure Wünsche, noch bevor Ihr sie aussprechen könnt. Wenn das nicht als achtsam gilt, oder meint Ihr nicht?«

»Ezya?«

Sie sah ihn noch einige Sekunden abschätzend an, dann hob sie eine ihrer Brauen und verdrehte die Augen. Sie neigte ihren Kopf nach unten, um gleich darauf ihren Blick wieder auf ihren Gesprächspartner zu richten. Eine unterwürfige Geste, gepaart mit dem verführerischen Schwung ihrer Wimpern. Sie wusste, was sie tat. »Ich habe verstanden, mein Herr. Ich werde achtsam bleiben.«

Er nickte leicht und setzte sich ohne ein weiteres Wort in Bewegung. Eine Wohltat, musste er feststellen. Der Weg war fest und zu Fuß gut begehbar. Ganz anders als die Tortur, die er hinter sich hatte.

Ezya holte ihn ein und setzte sich dicht neben ihn. Er war ihre Nähe bereits gewohnt. Sie brauchte keinen Freiraum, zumindest hatte sie ihn nie eingefordert. Der Tag, an dem das geschah, würde für immer in seinem Gedächtnis bleiben.

Er schmunzelte.

»Was amüsiert Euch an diesem Ort? Ich finde ihn«, sie machte eine Pause und sprach dann weiter, »beunruhigend.«

Ihr Blick richtete sich auf einen Baum, der hinter einem morschen Weidezaun lag. Selbst das fahle Mondlicht war nicht in der Lage, ihn zu erhellen. Eine leichte Brise kam auf und wehte den unverkennbaren Geruch von Verwesung in ihre Richtung. Die Person, die an einem Strick unter dem starken Ast der Eiche baumelte, schwang langsam hin und her. Die Arme hingen schlaff an ihrem Körper herab, wahrscheinlich ein Bauer, der sich das Leben genommen hatte.

»Wir haben weitaus Schlimmeres gesehen.« Er sah wieder in ihr Gesicht. »Verstörende Dinge, die einen Menschen nahe an den Wahnsinn treiben würden. Noch nie hast du dich deshalb unwohl gefühlt.«

»Ich weiß auch nicht. Möglicherweise bin ich einfach erschöpft. Möglicherweise brauche ich einfach nur ein wenig Ruhe. Zu zweit, wenn Ihr versteht, was ich meine.«

Das leichte Kopfschütteln ihres Gegenübers ließ sie einen Schritt zurückweichen. Ezya zeigte die Zähne und stieß eine Art Fauchen aus. »Halius, Ihr seid ein hoffnungsloser Fall. Wir reisen schon so lange zusammen. Ich empfinde mehr für Euch als nur Treue, versteht Ihr?«

Dem Mann, der in einer schlichten grauen Robe vor Ezya stand, war die Anspannung anzusehen. Sein Kiefer mahlte und die junge Frau hob beschwichtigend beide Hände.

Halius senkte resigniert den Kopf. »Nein, tust du nicht und das weißt du.«

Ezya zog die Luft durch ihre Nase ein und hob ihr Kinn ein Stück höher. Mit zusammengepressten Lippen hielt sie dem mahnenden Blick ihres Begleiters stand. Dieser wandte sich ab und setzte seinen Weg fort.

Die Straße machte einige Biegungen, führte die beiden Reisenden jedoch unablässig näher an die Ortschaft heran. Der Geruch von verbranntem Holz lag in der Luft und mischte sich unter den von Moder und Verwesung. Ein einsames Pferd stand hinter einem Zaun und näherte sich. Der Hengst bot einen bemitleidenswerten Anblick. Abgemagert und voller Schmutz. Seine großen, glasigen Augen blickten erwartungsvoll den Neuankömmlingen entgegen.

Ezya kreuzte Halius' Weg und näherte sich elegant dem Tier. Er sah ihr hinterher. Sie konnte nicht anders, dachte er und fragte sich daraufhin, ob sie jemals in der Lage sein würde, über sich selbst hinauszuwachsen. Vielleicht fehlte ihr die richtige Motivation dazu. Aber er war nicht derjenige, der sie ihr geben würde. Sie war ihm nützlich und das wollte er zum jetzigen Zeitpunkt und auch in Zukunft nicht ändern.

»Lass das Wesen in Frieden, Ezya. Du weißt nicht, ob es eine Gefahr darstellt«, sagte Halius seiner Einschätzung nach etwas zu leise, damit Ezya darauf reagierte. Wie erwartet, tat sie es nicht.

Mit ihrer Linken liebkoste sie das Tier und strich ihm sanft über die Nüstern. Ihre makellose helle Haut schien im Mondlicht zu strahlen. Ihre schwarzen Nägel waren trotz der Reise im perfekten Zustand. Halius wollte sie schon einmal fragen, wie sie das anstellte, aber er legte es lieber nicht darauf an. Der Austausch von persönlichen Dingen regte sie an. Er hatte jetzt keine Zeit für ein Geplänkel mit ihresgleichen. Er musste rasten und brauchte seine letzten Reserven für das, was vor ihnen lag. Diese Ortschaft hieß niemanden mehr willkommen, so schätze er. Hier hatte das Elend bereits vor langer Zeit Einzug gehalten und nichts außer Leid und Verzweiflung dagelassen. Eine Realität, die sie beide verfolgte. Aber weder Ezya noch er waren der Grund für das, was in diesem Land geschah.

»Mein armer Junge. Du sehnst dich nach Aufmerksamkeit und Liebe, nicht wahr? Ich könnte sie dir geben, aber mein Begleiter hätte etwas dagegen«, säuselte Ezya dem Pferd in die Ohren.

Dieses rieb seinen Kopf an ihrer Hand. Halius kannte das. Es war ein Akt der Verzweiflung, die ein Tier einem Tier entgegenbrachte. Eine Beute seinem Jäger.

Seine Begleiterin wandte sich zu ihm und streckte in einer Art melodramatischer Geste ihre Hand in seine Richtung aus. Ihre Augen funkelten fast so tief und schwarz wie die des Hengstes.

Halius schnaufte und griff in den Beutel, den er um die Schulter trug. Ein grüner Apfel kam zum Vorschein. Ein Farbklecks des Lebens, der so gar nicht in das Panorama des Elends passte, in dem er sich hier befand.

Mit einem gekonnten Wurf landete das Obst in Ezyas geöffneter Hand. Sie lächelte.

»Als ob das deine Seele retten würde. Du verteilst unseren Proviant an ein zum Tode verurteiltes Tier.«

Sein Gegenüber verzog keine Miene bei den Worten. Stattdessen biss sie genüsslich ein Stück aus dem Apfel heraus und kaute demonstrativ, ohne die Augen von Halius abzuwenden. Dann hielt sie dem Hengst die Köstlichkeit hin, die er gierig anknabberte, bis das letzte Stück aus Ezyas Hand verschlungen war. Das Tier stieß ein heiseres Wiehern aus, wandte sich abrupt um und lief daraufhin zurück auf die Koppel.

Ezya wischte sich die Hand an ihrer Hüfte ab und näherte sich. »Ihr glaubt tatsächlich, ich hätte eine Seele? Wie rührend von Euch. Ich dachte, ein wenig Mitgefühl würde mein Karma verbessern. Wer auch immer irgendwann über mich richtet, dem wird diese Geste bestimmt auffallen.«

»Du verwechselst Mitgefühl mit Mitleid. Du hast das Leid des Tiers nur verlängert. Du kannst es nicht retten«, entgegnete Halius daraufhin.

»Was ist falsch daran? Von meiner Position aus, nichts.«

Halius grunzte etwas und setzte seinen Weg fort.

Der Wind wurde stärker und wehte schwarze Rauchschwaden an den beiden Wanderern vorbei. Der Geruch von verkohltem Holz stieg in ihre Nasen. Am Ortsrand befand sich ein abgebranntes Haus. Das Feuer hatte es zum Einsturz gebracht. Holzbalken stachen wie die Reste von Rippen hinter den niedergerissenen Wänden hervor. Es konnte nicht lang her sein, dass die Flammen gewütet hatten. Waren die Einwohner nicht in der Lage gewesen, den Brand zu löschen? Oder wollten sie es gar nicht verhindern?

Die Antwort darauf ergab sich ein Stück weiter die Straße entlang. Mittig des Weges lagen die Überreste eines Feuerplatzes. Ezya hielt ihre Nase in die Höhe und schnupperte. »Hier hat der Tod Einzug gehalten, Halius. Ich kann noch die Angst der Menschen riechen, die hier verbrannt wurden. Ein Scheiterhaufen. Glaubst du, uns wird es ebenso ergehen?«

Halius schlenderte an den schwarzen Überresten vorbei. Wie eine Puppe sah er aus. Ein vertrockneter Körper. Die Arme verkrampft, die Hände zu Klauen geformt. Tiefschwarze Augenhöhlen starrten ins Leere, der Mund unnatürlich weit aufgerissen. Die letzten Minuten des Lebens dieses Menschen würde er nie wieder vergessen, egal in welche Gefilden er trat. Hatte er es verdient, oder war er unschuldig? Nein, niemand war hier unschuldig. Die Sünder straften die Sünder. Ein Kreislauf des Schreckens und des Leids, der niemals enden würde.

»Halius! Ich kann Eure Gedanken fast schon hören. Ich sehe die Finsternis in Euren Augen. Das ist der falsche Weg zur Erlösung, mein Herr«, sagte Ezya und riss den hochgewachsenen Mann damit aus seiner Melancholie.

»Was weißt du schon von Erlösung? Du denkst doch tatsächlich, du könntest diesen Kreislauf mit deinem Körper aufbrechen. Du nutzt ihn als Waffe und bist für die Verderbtheit dieses Aktes blind. Mache dir lieber Gedanken um deine eigene Erlösung, nicht um meine.«

Der Kiefer der Frau bewegte sich hin und her, sie schwieg jedoch mit einer nicht zu übersehenden Spur Verachtung in ihren Augen. Er war vielleicht zu weit gegangen mit seinen Worten, dachte er. Aber die Erschöpfung veränderte ihn. Ließ ihn nur noch das Grau dieser Welt erkennen. Und dabei wollte er sich doch Mühe geben, es anders zu sehen.

Er trat einen Schritt auf die Überreste des Scheiterhaufens zu und sah sich um. »Jemand konnte entkommen. Er oder sie wollte fliehen.« Er deutete mit der Hand auf das abgebrannte Haus. »Wollte nach Hause. Diese Menschen waren Sünder, aber sie hatten die Taten, für die sie hier gerichtet wurden, nicht begangen.«

»Mich beeindruckt immer wieder Eure Eingebung. Wie auch immer Ihr auf diese Schlussfolgerungen kommt«, antwortete Ezya abfällig.

Halius sah auf und in die mandelförmigen Augen seiner Begleiterin. »Lag ich jemals falsch mit diesen Schlussfolgerungen?«

Die Frau senkte den Blick und schüttelte daraufhin den Kopf. »Nein, mein Herr. Ihr werdet damit recht haben.« Dann sah sie wieder auf, mit einer Spur Neugier in ihren Augen. »Was, meint Ihr, hat das zu bedeuten?«

»Ich weiß es nicht. Und ändern wird eine Erkenntnis darüber ebenfalls nichts.«

»Wäre es nicht einer Überprüfung wert? Warum sonst hattet Ihr diese Eingebung? Vielleicht ist es ein Zeichen …«

»Wage es nicht weiterzusprechen. Dir steht weder zu, über ihn zu sprechen, noch seinen Willen zu interpretieren!«, unterbrach Halius seine Begleiterin scharf. Diese verstummte augenblicklich und senkte wieder den Kopf.

Er atmete tief ein. Dann ging er weiter.

Eine einsame Straße führte durch den Ort. Die Häuser waren heruntergekommen, voller Moos und man erkannte einige Löcher in den Dächern. Es war fast überall so, dachte Halius. Ein Anblick, an den er sich bereits gewöhnt hatte. Es herrschte ein ewiger Krieg. Generationen wuchsen auf und starben, ohne dass sie jemals so etwas wie Frieden kennengelernt hatten. Diese Menschen hatten keine Vorstellung von ihm. Sie wussten nicht, was es bedeutete, nicht zu kämpfen. Keine Angst haben zu müssen. Nicht dem Tod zu begegnen. Auf gewisse Weise empfand er Mitleid mit ihnen. Er selbst hatte sein Leben lang gekämpft und war daran zerbrochen. Das war schlimmer als der Tod. Das war seine ganz persönliche Hölle, hatte er mit Schrecken festgestellt.

Wie absurd dieser Gedanke war, das wusste niemand so gut wie er. Die Wahrheit, die sich in diesen Landen wie im Nebel versteckte. Man erkannte sie erst, wenn es bereits zu spät war.

Aus einem zweistöckigen Gebäude zu ihrer Rechten kamen Geräusche. Durch die von Ruß und Schmutz geschwärzten Fenster drang ein Flackern, Licht. Ein Schild, dessen Aufschrift man nicht mehr lesen konnte, schwang im Wind und gab ein leises Quietschen von sich.

»Eine Taverne, wenn ich das richtig deute«, sagte Ezya.

Halius nickte und näherte sich der Eingangstür. Nun vernahm er auch Stimmen aus dem Inneren. Dort waren Menschen, wenn er Glück hatte.

Die Tür ging schwer und nachdem sie hinter ihm wieder ins Schloss gefallen war, breitete sich eine unangenehme Stille im Schankraum aus. Es waren nur ein paar Tische mit Stühlen und Bänken. Ein Tresen stand an der gegenüberliegenden Seite des Eingangs, hinter dem eine ältere Dame mit einem Doppelkinn stand und Krüge polierte. Ihre Wangen waren gerötet, was der Wärme oder dem

Alkohol geschuldet sein musste. Drei Gäste starrten in seine Richtung. Ein Mann mittleren Alters, der am Tresen saß und ein Pärchen rechts der Arbeitsfläche, an einem Tisch sitzend.

Halius streifte seine Kapuze nach hinten. Seine langen, strähnigen Haare fielen ihm ins Gesicht. Er wischte sie beiseite. Dann suchte er sich einen Tisch links der Eingangstür und setzte sich an die Wand.

»Immer auf der Hut. Glaubt Ihr nicht, dass ich auf Euch achtgebe?«, fragte Ezya.

Halius empfand ihre Worte nicht als Frage, sondern eher als Aussage. Er antwortete nicht. Daraufhin setzte sich seine Begleitung auf den Stuhl vor dem geschwärzten Fenster links von ihm.

Die Menschen starrten weiterhin unverhohlen in Richtung seines Tisches. Halius spürte ihre Blicke förmlich. Er hörte ihre Gedanken, ihre Fragen, ihre Ängste. Doch er würde ihnen keine Antworten geben können. Sie wollten die Wahrheit nicht sehen, konnten sie nicht verstehen. Welch eine Hoffnungslosigkeit, dachte er resigniert.

Die Frau hinter dem Tresen watschelte in seine Richtung. In ihrer Hand einen Humpen. Schaum lief über den Rand des Gefäßes und kleckerte zu Boden. Mit einem lauten Poltern stellte sie das Getränk vor ihm auf den Tisch. Einige Sekunden musterte sie ihn. Dort war eine gewisse Unsicherheit in ihren Augen zu erkennen. Und Neugier, vielleicht sogar etwas Hoffnung. Das hätte Halius hier nicht erwartet.

»Ich habe Eintopf, hinten in der Küche. Willst du was haben?«, fragte die Bardame mit verwaschener Stimme.

»Was für Eintopf?«

»Pferdeeintopf mit Wurzeln. Das Fleisch ist zäh, aber es gibt dir Kraft.«

Er nickte leicht und der Frau genügte das als Zustimmung. Sie drehte sich um und verschwand in einem Hinterzimmer der Taverne.

Halius vernahm ein Schmatzen neben sich und wandte den Kopf. »Ein Pferd. Glaubt Ihr, meinen Hengst von vorhin wird dasselbe Schicksal ereilen? Oder ist er es vielleicht schon? Lasst mich kosten, dann kann ich euch sagen, ob es dasselbe Tier ist.« Aus dem Munde seiner Begleiterin entkam ein leises Stöhnen und Halius verzog das Gesicht. Bevor er etwas erwidern konnte, nahm ihm ein Schatten das Licht.

»Du bist ein Mann des Glaubens.« Der Gast, der zuvor noch am Tresen gesessen hatte, stand vor seinem Tisch. Ohne eine Antwort von Halius abzuwarten, setzte er sich ihm gegenüber.

»Und worauf beruht deine Erkenntnis?«, antwortete Halius mit sonorer Stimme.

Sein Gegenüber war schätzungsweise Mitte dreißig. Er wirkte jedoch verbraucht, wie fast alle Menschen, die Halius getroffen hatte. Fettige Strähnen seines dunkelblonden Haares fielen ihm ins Gesicht. Er war ungepflegt, stank nach Urin und anderen Hinterlassenschaften. In seinem verfilzten Bart konnte man noch die Reste vergangener Mahlzeiten sehen. Seine Oberarme waren kräftig und seine Brust drückte sich durch sein enganliegendes Leinenhemd, wenn man es noch als solches bezeichnen wollte.

In der Stimme des Mannes schwang eine gewisse Unruhe mit. Ein gehetzter Geist. Eine Folge des Stresses und ein deutliches Zeichen seines schwindenden Geistes.

»Deine Kette. Sie funkelt so schön. So etwas kenne ich nur vom Priester. Nur der Priester trägt so eine. Der Priester.« Er hechelte wie ein Hund.

Halius nickte leicht. Dann griff er an seinen Hals und steckte das Emblem, welches an einer goldenen Kette hing, unter seine Robe. »Sie nützt euch nicht. Sie ist nichts wert, denn ihr könnt hier nichts von Wert kaufen.«

Der Mann lehnte sich vor. Seine Finger robbten über das Holz des Tisches wie Spinnenbeine. Mit weit aufgerissenen Augen taxierte er Halius. »Nein, nein, nein.« Er wandte den Kopf und es wirkte, als ob er überprüfte, ob die Bardame schon wiederkehrte. Dann sprach er weiter: »Du musst uns helfen, mein Herr. Du bist ein Mann des Glaubens, nicht wahr? Stimmt das?«

Halius verengte die Augen und sah einen Wimpernschlag in Ezyas Richtung. Diese hatte die Arme vor die Brust verschränkt und musterte den Mann auf ihre eindeutig zu interpretierende Art und Weise.

»Was willst du von einem Mann des Glaubens? Wie sollte ein solcher dir helfen können?«, fragte Halius langsam.

Sein Gegenüber stieß die Luft aus seiner Nase. »Wir werden belogen!«, flüsterte er. »Der Pfarrer. Er ist nicht der, für den er sich ausgibt. Ich weiß es.« Der Mann hielt den Atem an. Seine Augen drehten sich in Richtung des Tresens, ohne dass er seinen Kopf bewegte. Lauschte er?

»Er trägt die Verantwortung für die Toten am Dorfrand«, sagte Halius kühl.

Der Mann zog ruckartig seinen Kopf zurück und spitzte die Lippen. Sein entleerter Blick blieb selbst nach einigen Sekunden, die verstrichen, noch bestehen.

»Das ist eine gewagte Hypothese, Halius. Wieder eine deiner Eingebungen? Ich für meinen Teil glaube, der Mann ist dem Wahnsinn verfallen. Ein süßlicher Geruch umgibt ihn. Ein wenig Zerstreuung … Ja, das ist es, was er braucht.« Ezya setzte sich auf und lehnte sich in gebückelter Haltung über die Tischkante, sodass sie ihre Rundungen gegen das Holz presste. Wie eine Schlange auf der Pirsch, stellte Halius fest.

»Sei still!«, mahnte er sie.

Der Mann vor ihm neigte verstört den Kopf, hielt jedoch den Blickkontakt mit Halius.

Das Klirren von Geschirr riss beide Männer aus ihrer Erstarrung. Die Bardame war aus dem Hinterzimmer herausgetreten, mit einem hölzernen Tablett auf dem Arm. Schnellen Schrittes näherte sie sich dem Tisch und stellte es geschickter, als Halius erwartet hatte, ab.

Ihr Mund verzog sich, als sie den Mann betrachtete, der sich zu den Wanderern gesetzt hatte. »Oznar, du Hund. Ich habe eine Minute lang kein Auge auf dich und du belästigst den einzigen Gast von außerhalb, den ich seit Langem habe. Auch du profitierst von ein paar frische Münzen in diesem heruntergekommenen Kaff.«

Oznar sah die Frau verächtlich an. Dann erhob er sich, blickte noch einmal in Halius' Augen und wandte sich dann ab, die Taverne verlassend.

»Es tut mir leid, wenn er dich belästigt hat. Unser Oznar. Er ist harmlos. Wer bist du, wenn ich die Frage stellen darf?«, fragte die Barfrau wieder an Halius gerichtet.

»Ein Wanderer. Ich muss mich ausruhen und suche nach einem Zimmer.«

»Unter der Voraussetzung, dass du zahlst, kann ich dir eins für die Nacht vermieten. Wir haben nicht viele Gäste dieser Tage, nur Pastian und Lilli, sie können nicht nach Hause.« Die Frau deutete mit dem Daumen auf das Pärchen neben dem Tresen.

Halius griff in den Ausschnitt seiner Robe. Etwas Metallenes klimperte, dann noch etwas. Nachdem er seine Hand wieder hervorgeholt hatte, legte er drei sechseckige Scheiben auf den Tisch. In ihrer Mitte war ein rundes Loch. Sie schimmerten golden.

Eine Art Glucksen entkam aus dem Mund der Barfrau. Ohne zu zögern, griff sie sich die drei Münzen, pustete die Luft hörbar aus und drehte sich geschwind um. Doch sie stockte. »Oben, das zweite Zimmer. Bleib, solange du willst.« Dann hetzte sie zurück zum Tresen und verschwand hinter der Tür, aus der sie gekommen war.

Auf Ezyas Gesicht formte sich ein breites Lächeln. »Ihr habt es tatsächlich geschafft, einen Menschen glücklich zu machen. Habt Ihr keine Angst, Eure Geste könnte sich in dieser Siedlung herumsprechen?«

Halius zog das Tablett mit der Schüssel Eintopf an sich heran. »Damit würde sie sich nur selbst in Gefahr begeben. Die drei Siegel, die ich ihr gegeben habe, machen keinen Unterschied. Das Leid dieser Menschen hat seinen Grund. Daran kann ich nichts ändern.«

»Oder Ihr wollt es nicht.«

Halius hämmerte mit der Faust so plötzlich auf den Tisch, dass Ezya kerzengerade auf ihrem Stuhl saß. Ihre dunklen Augen starrten ihn an. An ihren Lippen erkannte er ein leichtes Zittern.

Das Pärchen auf der anderen Seite des Schankraums musterte Halius ebenfalls erschrocken. Langsam wandte es sich wieder seinem Gespräch zu.

Ehe Ezya reagieren konnte, legte Halius seine Hand auf die ihre. Ihre Augenbrauen zuckten auf und ab, als ob sie noch nicht gewiss war, was sie mit dieser Geste anfangen sollte. »Verzeih mir. Es war nicht gerecht von mir, dich so anzufahren, denn du sprichst wahr. Ich empfinde eine beschämende Gleichgültigkeit. Aber ich habe nicht an dich gedacht. Und die Gefahr, die ich durch meine Geste auch unweigerlich mit dir teile.« Seine Stimme klang weich. Er flüsterte die Worte beinahe.

Ezya zog ihre Hand nach einem Zögern unter seiner hervor und legte sie sich auf den Schoß. Es hatte sie mehr getroffen, als sie es ihm gegenüber zugeben würde. Aber dieses Verhalten verriet es ihm. Es war ihm so, als ob seine Begleiterin Angst hatte.

»Mir stand nicht zu, Euch so sehr zu hinterfragen, mein Herr«, antwortete sie ihm devot.

»Möglicherweise lohnt es sich tatsächlich, ein paar Fragen zu stellen. Was hältst du davon, wenn wir morgen dem Pfarrer einen Besuch abstatten? Wer weiß, was wir finden?« Seine Stimme war nun weniger gedämpft, wodurch Pastian und Lilli seine Worte wahrscheinlich hören konnten, wenn auch nicht verstehen. Sie machten jedoch keine Anstalten, sich nach ihm umzusehen.

Halius nahm sich den Holzlöffel vom Tablett. Der Eintopf schmeckte besser als erwartet, auch wenn das Fleisch wie erwähnt zäh war. Unauffällig zog er ein graues Tuch aus seinem Umhängebeutel. Dann legte er einige Stücke auf den Stoff und wickelte sie ein.

Ezya grinste und bleckte ihre Zähne. »Danke für diese Geste, mein Herr. Das weiß ich zu schätzen.«

Das tief stehende Fenster ihres Zimmers bot keinen sonderlich schönen Ausblick. Was war ein schöner Ausblick? Etwas Visuelles oder entstand es im Inneren einer Person? Sie hatte noch nie einen visuellen Anblick erlebt, den sie als schön bezeichnet hätte. So viele Jahre war sie bereits mit Halius unterwegs, ohne seinem oder ihrem Ziel jemals ein Stück näher gekommen zu sein. Dieses trostlose Land nahm kein Ende. Sie hatte schon lange den Eindruck, ihr Weg würde im Kreis verlaufen. Doch die Orte veränderten sich. Manchmal subtil und dann wieder offensichtlich. Aber sie waren alle hässlich und trostlos.

In ihrem Inneren brannte etwas, ein Feuer, welches sie unfähig war zu löschen. An ihren guten Tagen konnte sie es niederkämpfen, doch es war immer präsent. Nur ein wenig Zeit mit ihm, nur eine Berührung, nur eine Liebkosung und es würde ihr bestimmt besser gehen. Das sagte die Stimme in ihrem Hinterkopf. Leise und verführerisch. Dabei war sie es doch, die verführen sollte.

Die Menschen waren leicht zu beeinflussen. Sie sehnten sich nach Nähe und Berührung. Es schlummerte eine Lust in ihnen, die Ezya zu nutzen verstand. Aber die Menschen in diesem Land waren anders. Sie waren leer, waren wie Hüllen ohne Füllung. Egal, wiesehr sie sich

anstrengte, sie konnte mit ihnen das Feuer in ihr nicht ein-
dämmen.

Aber Halius blieb ein weit entferntes Begehr, welches
unerreichbar schien. Je intensiver sie strampelte und sich
wand, um ihn zu erreichen, ihm nah zu sein, desto weiter
entfernte er sich von ihr. Er war eine Person mit Prinzipien
und sie spürte seine Verachtung ihr gegenüber. Heute
deutlicher als an anderen Tagen.

Die junge Frau wandte sich dem Bett zu, auf dem ihr
Blick einen Moment verharrte. Sie lachte kurz. Doch es
war ein bitteres Lachen. Eher würde Halius auf dem stau-
bigen Holzboden schlafen, als das Bett mit ihr zu teilen,
selbst wenn sie ihn nicht bedrängte.

Sie strich sich mit flachen Händen an ihrem Körper entlang, spürte ihre Brüste und ihre Knospen. Ihre Finger er-
reichten den Saum ihres einfachen Hemdes, dann zog sie
es sich über den Kopf und warf es achtlos auf das Bett.

Halius wollte, dass sie sich kleidete, obwohl es sich unangenehm anfühlte. Ihr war niemals kalt. Zumindest nicht
bei den Temperaturen, die in diesem Land herrschten.
Aber sie tat, wie er es ihr auftrug. Sie war ihm verbunden,
mit ihm verbunden, abhängig von ihm. Das wusste sie und
es war keine Bürde, mit der sie sich selbst geißelte. Das
war es nie gewesen. Zumindest konnte sie sich nicht erinnern, dass es je anders gewesen war.

Ein schneller Griff an die Kordel ihrer Hose und sie fiel
zu Boden. Endlich war sie so, wie sie erschaffen worden
war. Die Arme weit zur Seite gestreckt, drückte sie ihren
Rücken durch. Ein Knacken ging durch ihre Wirbelsäule.
Dann hob sie eines ihrer Glieder und stieg aus dem ersten
Hosenbein. Ein dumpfes Klopfen war auf dem Boden zu
hören, wie Holz, welches auf Holz schlug. Nachdem sie

ihr zweites Bein befreit hatte, bückte sie sich und warf ihre Hose ebenfalls auf das Bett.

Langsam strich sie ihren Körper entlang, umstreifte ihre rund geformte Hüfte und dann ihre Oberschenkel hinab, bis an den feinen Fellansatz unter ihren Knien. Sie zog ihre Hand zurück, betrachtete ihre Unterschenkel und hob dann gekonnt einen ihrer Hufe. Er kannte ihre Natur und das war gewiss auch der Grund, warum ein Mann wie Halius, ihr gegenüber, seinen Willen nicht beugte.

Den Huf wieder am Boden, kitzelte sie etwas am Arm. Sie griff sich an den Steiß und führte ihre Hand sanft auf ihrer Haut entlang, bis an die Spitze des Körperteils, welches sie die ganze Zeit hatte verborgen gehalten. Dort war ein verhärteter Dorn an ihrem Schwanz, hart wie Metall.

Sie erinnerte sich an Halius' Worte. Ein Satz von ihm, als sie noch ein Kind gewesen war: »*Maus, Pferd und Schwein, sie alle haben ein, doch hüte dich vor dem Fuchs, denn obwohl er einen hat, beißt er gern in deinen.*« Danach hatte er ihr in den Schwanz gekniffen und sie hatten gelacht. Das war eine schöne Erinnerung. Aber seine Dichtkunst war verbesserungswürdig.

Ein Poltern war zu hören und die Tür des Zimmers öffnete sich. Ihr hochgewachsener Begleiter musste den Kopf einziehen, um in das Zimmer zu treten. Er blieb dicht hinter der Tür stehen und musterte sie einige Sekunden. Sein Blick wanderte über ihren Körper, von ihren Brüsten aus abwärts. Dann gab er ein Schnaufen von sich und setzte einen weiteren Schritt in das Zimmer, ohne die Tür zu schließen.

Ezya bemerkte einen Schatten im Hausflur. Das Licht einer Lampe flackerte und kurz darauf erschien die Barfrau auf der Türschwelle. Sie trug eine Schüssel in den

Händen mitsamt einer Öllampe, deren Henkel um die Finger ihrer rechten Hand baumelte.

Halius nahm der Frau die Schüssel ab. Ezya streckte den Hals und erkannte eine Flüssigkeit in dem Gefäß, wahrscheinlich Wasser. Es dampfte.

Die Augen der Frau folgten Halius beim Abstellen der Schüssel auf eine Kommode links der Tür. Das einzige Möbelstück im Zimmer, wenn Ezya das Bett nicht mitzählte.

Die Wirtin ließ ihren Blick noch einmal durch den Raum schweifen. »Es ist einfach gehalten, aber ich denke, du wirst zurechtkommen. Morgen früh mache ich dir Frühstück, bevor du weiterreist. Das ist deiner Bezahlung nicht ebenbürtig, aber mehr kann ich nicht bieten.«

Halius nickte ohne ein Wort zu sprechen. Ihre Gastgeberin hielt noch einen Augenblick inne und streckte die Nase in die Höhe. Dann blinzelte sie, zog die Brauen ein Stück tiefer und verließ das Zimmer. Die Tür knarrte beim Schließen.

Ezya sah Halius durchdringend an. Er stand nur da und erwiderte ihren Blick, ausdruckslos, nichtssagend. Sie fühlte in sich hinein und spürte ein leichtes Kribbeln in ihrer Brust. Ihr Herz schlug schneller und das Kribbeln wanderte langsam ihren Körper hinab, bis es ihren Schritt erreichte und dort verharrte. Es war unmöglich für sie einzuschätzen, was ihr Gegenüber in diesem Moment dachte. Aber so, wie sie ihren Begleiter kannte, war es nicht das, was sie sich just wünschte.

Er wandte sich ab und hantierte an seiner Robe herum.

»Kommt zu mir«, sagte Ezya.

Halius hob den Kopf. Er drehte sich und blieb schlussendlich vor ihrem nackten Anblick stehen.

Wie üblich hatte er die Kordel der grauen Kutte zu einem gordischen Knoten zusammengebunden, an dem er regelmäßig verzweifelte. Ezya war sich nicht sicher, ob Halius das mit Absicht tat oder eine höhere Macht sich einen makabren Scherz mit ihm erlaubte. Nach ein paar gekonnten Griffen löste sie das Unlösbare wieder. Die Robe öffnete sich und sie konnte sich ein Lächeln nicht verkneifen. Er blieb ernst.

Unter der einfachen Tracht kamen komplexere Schichten Kleidung zum Vorschein. Ein Lederwams und Kettenhemd. Darunter ein leichtes Polsterhemd. Ihr Begleiter legte Wert darauf, unauffällig zu sein.

Mit nacktem Oberkörper stellte er sich vor die Schüssel und wusch sich ausgiebig. »Ich wünschte, ich wäre mehr wie du.«

Ezya hob überrascht eine Braue. »Mit Brüsten und einem tiefen Verlangen zwischen deinen Beinen?«

Halius lachte tatsächlich über ihre Worte. Dabei war ihr mehr als bewusst, dass sie ihn mit diesen Anspielungen nicht erreichte. »Nein, so meinte ich das nicht. Wir wandern durch den gröbsten Schmutz dieser Erde, besteigen Berge, fordern unsere Körper bis zum Äußersten. Aber du duftest immer noch nach Blumen und …« Er machte eine Pause und sah auf. Dann drehte er sich um. »Ich rieche … Beeren? Ist das der Geruch von Himbeeren?«

Ezya strich sich durch ihr pechschwarzes Haar und verharrte dann mit ihrer Hand. »Ich habe keinen Einfluss auf das, wonach ich für Euch rieche.« Sie zog die Brauen zusammen und tastete auf ihrem Kopf herum.

»Was ist?«, fragte Halius.

Seine Begleiterin ließ die Hand sinken und hielt ihm ihren Kopf hin. Er trat vor sie und seine Hand tastete durch ihr Haar. Sie schloss die Augen, spürte seine Finger auf ihrer Haut. Warme Finger, sanft und voller Feingefühl.

»Sie wachsen schnell. Das habe ich nicht erwartet«, sagte er.

»Wusstet Ihr, dass mir irgendwann Hörner wachsen werden?«

Halius zog die Mundwinkel nach unten. »Nein. Ich bin nicht mit der körperlichen Entwicklung einer Buhlteufelin[1] vertraut. Aber es scheint ein Merkmal des Alterns zu sein. Vielleicht so etwas wie eine zweite Geschlechtsreife.«

Sie würde es ihm nicht sagen, aber das beunruhigte Ezya auf gewisse Weise. Ihr wurde viel Wissen über ihren Körper in die Wiege gelegt. Sie wusste Dinge, die sie nie gelernt hatte, die ihr Halius nie gesagt hatte. Er konnte ihr ohnehin nie viel Wissen, ihren Körper betreffend oder über Frauen im Allgemeinen, vermitteln. Er hatte viele Talente, aber das weibliche Geschlecht verstand er nicht. Eine zwangsläufige Folge seines Glaubens und seiner Lebenseinstellung. Er war Soldat, führte Befehle aus, ohne sie zu hinterfragen, bis es dann irgendwann zu spät war. Sein Wissen über das weibliche Geschlecht beschränkte sich vermutlich darauf, wo er seinen Pfahl hineinrammen musste. Aber selbst da hatte sie ihre Zweifel.

»Ich habe den Eindruck, das beunruhigt dich«, sprach er und holte sie damit aus ihren Gedanken.

»Was? Nein, es nimmt alles seinen natürlichen Lauf. Warum sollte ich beunruhigt über das Paar Hörner sein, das aus meinem Kopf sprießt?« Der Spott in ihren Worten war kaum zu überhören.

---

[1] Buhlteufelin = Sukkubus

»Ist dir das unangenehm? Es kommt zum Glück nur selten vor, dass Menschen Dämonen wahrnehmen, geschweige denn sehen. Du musst dir also um dein Äußeres keine Sorgen machen.«

»Ihr seid so elegant wie ein Ochse im Kuhstall! Ich fühle mich jetzt sehr viel besser. Welch ein Glück, dass unsere nette Gastgeberin den nackten Dämon in ihren Räumen nicht bemerkt hat!« Die letzten drei Wörter brüllte Ezya in Richtung Zimmertür.

Ihr Herz klopfte wie wild in ihrer Brust. Es war alles so frustrierend. Ein immerwährender Kampf, in dem es keinen Sieger oder Verlierer gab. Alles lief seinen gleichförmigen Gang. Sollte das ihr Leben sein? Auf ewig? Wie hoch war ihre Lebenserwartung eigentlich? Vielleicht war sie als Dämon unsterblich. Dann war sie verdammt. Saß in ihrer eigenen Hölle fest. Kamen auch Dämonen in die Hölle?

»Beruhig dich wieder, Ezya. So war das nicht gemeint. Es war unglücklich formuliert, das gebe ich zu und es tut mir leid«, entschuldigte sich Halius in leisem Tonfall.

Der Kopf der jungen Dämonin zuckte leicht. Ihr Kampfgeist war geweckt und so leicht würde sie ihn nicht aus dieser Angelegenheit herauskommen lassen. Mit spielerisch lang gezogenen Schritten näherte sie sich ihrem Begleiter. Ihr Zeigefinger berührte seine Brust, zog auf seiner feuchten Haut Kreise.

Sie hatte es in ihrem Leben stundenlang betrachtet. Das Mal, welches in seinen Leib gebrannt schien. Wie eine kreisrunde Narbe, die von einer Brustwarze zur anderen reichte. Sie konnte die Zeichen im Inneren des Kreises nicht lesen und Halius hatte sie nie über ihre Bedeutung aufgeklärt. Vielleicht wusste er es auch nicht besser. Aber es beeinflusste sie bereits fast ihr gesamtes Leben lang. Sie war an ihn gekettet, wurde mit ihm gezogen.

Sie erinnerte sich an einen Streit als Kind. Sie war in den Wald gelaufen. Immer weiter und weiter, bis sie vor sich ein Lagerfeuer erblickte. Erst glaubte sie, es wären Wegelagerer oder Jäger, aber als sie sich näherte, sah sie nur Halius, der sie vom Feuer aus in ihre vom Weinen geröteten Augen sah. Ein weiteres Mal lief sie fort, und wieder und wieder, doch sie kehrte immer zu ihm zurück. Bis sie vor Erschöpfung zusammenbrach und der starke Mann, der sie bis dahin beschützt hatte, sie auf den Arm nahm und zu sich ans Feuer legte. Ihre Wut war verflogen gewesen. Alles, was sie dann noch spürte, war seine Nähe, seine Wärme. Und sie war damals, in jenem Moment, glücklich gewesen. Ganz gleichgültig der Tatsache, dass sie immer wieder zu ihm zurückgezerrt worden war. Alles, was in jenem Moment gezählt hatte, waren er und sie, zusammen.

Ezya konnte den Atem ihres Gegenübers auf der Haut spüren. Wie ein Flächenbrand breitete sich ein fast schon unangenehmes Prickeln aus und ihre feinen Härchen stellte sich auf. Jede auch so kleinste Bewegung führte sie jetzt mit Bedacht aus. Die Knospen ihrer Brüste berührten ihn sanft. Am liebsten hätte sie sich in seinen glänzenden Augen verloren, doch er gab ihr lediglich einen Kuss auf die Stirn. Dann wandte er sich wieder der Schüssel mit dem Wasser zu und ließ sie einfach in ihrer Anspannung stehen.

Ein Kuss auf die Stirn! Er hätte sie auch über sein Knie legen und wie einen Stock entzweibrechen können. So fühlte es sich jedenfalls an. Sie war kein Kind mehr, war es vielleicht niemals gewesen. Aber er behandelte sie so. Von oben herab blickte er auf sie. Bewertete ihr Verhalten, nahm sie nicht ernst. Sie wollte mehr sein als das! Wollte ihm auf selber Ebene begegnen.

Halius zog seine Hose aus und wusch sich weiter.

»Schlafe ich auf dem Boden oder Ihr?«, fragte Ezya gereizt.

Die Bewegungen ihres Begleiters verharrten kurz. »Du kannst bei mir schlafen, wenn du die Regeln befolgst.«

Ein Schnaufen verließ ihre Nase, bevor sie sprach. »Keine körperlichen Annäherungsversuche, ich weiß.«

»Es ist deine Entscheidung. Bist du stark genug dafür?«

»Ich halte mich an Eure Regeln. Habe ich das jemals nicht?«

Halius zog seine Unterhose hoch und wandte sich zu ihr um. Er musste nichts sagen, damit sie verstand. Sein Blick war diesmal eindeutig und ließ kein Spiel für Interpretationen.

Wenig später lag sie im Bett mit ihm. Es war nicht sehr bequem, aber immer noch besser als ein Lager im Freien. Es dauerte nicht lange und Ezya hörte ihren Begleiter leise schnarchen. Die Reise forderte ihren Tribut. Doch sie war hellwach. So leicht würde sie ihn nicht davonkommen lassen, sagte sie sich noch einmal. Für einen Dämon, wie sie es war, gab es andere Mittel und Wege, um an sein Ziel zu kommen. Es war nicht dasselbe, aber es würde die Flamme in ihrem Inneren etwas beruhigen. Und was sollte er schon tun? Sie war bei ihm, auf ewig, bis zu dem Punkt, jenseits der Zeit, an dem das Siegel gebrochen würde. Dann war sie frei. Frei zu entscheiden, das zu tun, wonach ihr der Sinn stand. Weshalb sie erschaffen wurde. Die Regeln hatten dann endlich keine Bedeutung mehr.

Geschickt drehte sie sich zu Halius. Er lag auf dem Rücken. Sie näherte sich seinem Mund, spürte seinen Atem.

Dann spitzte sie die Lippen und hauchte ihn an. Ihr Atem roch nach Blumen. Ein Duft, der tief in ihn eindringen würde, wie auch sie selbst es tat.

Das Geräusch des Windes hörte sich unnatürlich metallisch an. Die junge Buhlteufelin wandte den Kopf und sah aus dem Fenster ihres Zimmers. Dort war nichts. Nur wabernde Farben ohne Struktur. Sie war an ihrem Ziel, aber sie musste auf der Hut sein. Halius hatte einen starken Geist und er würde es merken, wenn sie seine Erinnerung zu sehr verformte.

Er stand vor der Schüssel und wusch sich. Ihre Hufe klopften auf das Holz des Bodens, während sie sich von hinten näherte. Ein unnatürliches Echo war zu hören. Das war immer so, wenn sie sich an solch einen Ort begab. Egal, ob es im Kopf ihres Begleiters oder in dem eines anderen war. Doch bei Halius fühlte es sich warm an. Die Umgebung hatte eine starke Präsenz, hatte Substanz. Andere Geister hatten sich bereits so weit entfernt, dass es sich anfühlte, als ob sie sich durch Moos hindurchbewegte. Weich und nachgiebig. In diesen Individuen war der Wille bereits gebrochen. Sie waren nur noch ein Schatten ihrer selbst. Ezya fragte sich oft, warum das bei Halius so anders war. War es der Krieg, der herrschte, der die Menschen langsam, aber sicher in den Wahnsinn abdriften ließ? Oder hatte es eine Ursache, die ihr verborgen blieb?

Die Teufelin drehte sich zu ihrem Auserkorenen und lehnte sich an die Kommode, auf der die Wasserschüssel stand. Halius sah zu ihr auf. Sein Blick war getrübt. Sein Wille war hier schwach, wie in einer Trance, einem Dämmerschlaf. Er war beeinflussbar und biegsam, solange sie es nicht übertrieb. Seine Erinnerung verdrehte und verzerrte. Es galt, subtil vorzugehen. Mit Bedacht und ganz langsam, dem roten Faden seiner Geschichte folgend.

Sie musterte seinen Körper. Ihr Blick glitt über seine Brust, über das Mal und die unzähligen Narben. Waren es mehr geworden? Sie hatte ihn stundenlang studiert, jede Faser seiner Oberfläche, jede Proportion seines Körpers. Sie kannte alle seine Geheimnisse, nur nicht die in seinem Inneren.

In ihr entfachte wieder das Kribbeln, als ihr Blick seine Lenden erreichte. Ein angenehmes Ziehen in den ihren entstand. Ein Tropfen des Saftes ihrer Begierde lief ihren Schenkel hinab.

Sie tauchte die Hand in das warme Wasser. Langsam und geduldig. Sie hatte Zeit, denn hier hatte diese keine Bedeutung. Mit dem Zeigefinger berührte sie ihn am Nabel. Ein Tropfen des warmen Nasses suchte sich seinen Weg hinab. Ihr Finger folgte, bis ihre Hand das ersehnte Ziel erreichte.

Sein Atem ging schneller. Ein Verlangen wuchs, das spürte sie, wie eine Aura, die ihn umgab. Und sie fühlte es an ihren Fingern. Ihre Bewegungen ließen seine Begierde wachsen. Ein leises Keuchen entwich seinem Mund. Sein Blick war auf sie gerichtet. Er sah sie jetzt in einer Art und Weise, die sie sich immer von ihm gewünscht hatte.

In Ezyas Brust explodierte ein Inferno an Gefühlen. Ihr Herz hämmerte gegen ihr Brustbein, als würde es die

Freiheit suchen. Ihre Bewegungen wurden schneller, ihre Hand umfasste ihr Begehren und die Melodie der Lust entwich seinem Munde immer lauter.

Sie stoppte, musste sich zügeln. Das war gefährlich. Es durfte für ihn nicht so weit kommen. Körper und Geist waren auf untrennbare Weise miteinander verbunden. Das, was sie hier tat, hatte Folgen.

Gekonnt setzte sich die Dämonin auf die Kommode und stellte ihren linken Huf vor die Schüssel mit Wasser. In seinem Blick erkannte sie, dass er verstanden hatte. Ihre Hand streckte sich an seine Wange. Zärtlich liebkoste sie ihn. Dann, mit leichter Kraft, zog sie ihn an sich heran. Sein Mund näherte sich dem ihren, bis sie sich berührten. Das Feuer in ihr loderte immer stärker. Es zehrte sie förmlich von innen heraus auf.

Sein Mund wanderte weiter. Liebkoste ihren Hals. Danach ihre Brüste, ihre Brustwarzen, in denen sich ein leichtes Ziehen anbahnte. Er wanderte weiter, ihre Rundungen abwärts. Seine Zunge berührte ihren Nabel, schlängelte sich in die Vertiefung. Sie spürte die Wärme, die er hinterließ.

Ein unwillkürliches Zucken ging durch ihren Körper, als er sich weiter nach unten beugte. Sie folgte der Spur von Küssen in ihren Gedanken, bis er ihr aller Heiligstes erreichte. Das Inferno in ihrem Körper brannte heißer als alle Feuer der Hölle zusammen. Seine Zunge strich ihr zwischen die Lippen, umkreiste ihre Perle, drang in sie ein. Seine Hände packten ihre Oberschenkel mit der Kraft seiner Begierde.

Ihre Hüfte bewegte sich auf und ab. Sie war unfähig, ja gar Unwillens es zu steuern, zu beeinflussen. Dieser Moment war der, den sie sich herbeisehnte. Eine Explosion in ihrem Leib zog sich nieder in ihre Lenden. Sie wurde eins mit ihm. Ihre Körper verschmolzen zu einem Einzigen. Sie konnte ein Keuchen nicht mehr zurückhalten, das Zucken, welches ihren Leib durchzog, nicht beeinflussen.

Er richtete sich wieder auf. Sah sie an, verträumt, wie er war.

»Es tut mir leid, mein Liebster, ich kann nicht weiter gehen. Nicht jetzt, solange dein Wille nicht frei ist«, säuselte sie ihm leise entgegen.

Ihre Hand streckte sich in Richtung seiner Stirn und als ihr Zeigefinger ihn berührte, da lag sie wieder im Bett. Hinter sich hörte sie ihren Liebsten leise schnarchen. Sie war glücklich, wenn auch nur für kurze Zeit. Der Schlaf hüllte sie ein und sie trieb fort, an einen besseren Ort als diesen.

Er öffnete die Augen. Die Decke ihres Zimmers war mit Spinnweben verhangen. Doch dort war keines der Tiere zu sehen. Etwas drückte an seinem linken Oberschenkel. Er wandte vorsichtig den Kopf.

Neben ihm lag Ezya auf der Seite, von ihm abgewandt. Langsam hob er die Decke an und erkannte den Grund für sein Empfinden. Ihr Schwanz hatte sich um sein Bein gewickelt. Vielleicht wollte sie so sicherstellen, dass er nicht ohne sie loszog, wobei das absurd war. Doch die Gefühle einer Dämonin zu deuten, war oft ein Ratespiel und folgte weniger logischen Regeln als bei Menschen. Und da war es oftmals schon schwer genug, eine zuverlässige Einschätzung zu treffen.

Vorsichtig wickelte er ihr verlängertes Hinterteil von seinem Bein. Sie gab ein wohliges Stöhnen von sich.

»Macht weiter!«, raunte sie verschlafen.

Waren Dämonen wirklich anders als Menschen? Der Glaube lehrte Halius nur eines: Dämonen waren verdorbene Geschöpfe. Sie verkörperten das Böse und brachten nur das Schlechteste in den Menschen hervor. Und seiner Erfahrung nach entsprang diese Doktrin der Wirklichkeit. Eine abweichende Aussage zu treffen, stand ihm nicht zu. Doch er konnte sich des Eindrucks nicht erwehren, dass die Menschen hierbei in ein falsches Licht gerückt wurden. Waren wirklich Dämonen für ihre Sünden verantwortlich? Nicht immer jedenfalls. Oder war es gar der Mensch selbst, durch den das Schlechte dieser Welt erst an die Oberfläche drang?

Ezya wollte in diesem Moment nur eines: seine Nähe und Zuneigung. War das falsch? Als sie noch ein Kind gewesen war, hatte er ihr diese Zuneigung gegeben. Er nahm sie in den Arm, wenn sie traurig oder verwirrt war. Er war derjenige, der auf sie zuging, wenn sie sich gestritten hatten. Er hatte ihre Wunden versorgt und sie gestreichelt, wenn sie einmal nicht einschlafen konnte oder einen Albtraum gehabt hatte. Was war der Unterschied zu einem Menschenkind? – Ihre Bestimmung, gab er sich selbst die Antwort.

Ihre Bestimmung, etwas zu tun, wofür sie erschaffen worden war. Und das war nichts anderes, als einer einzigen Sache zu dienen – der Lust. Die Sünde der Lust und der Völlerei. Sie ernährte sich davon wie ein Wolf vom

Fleische der Wildtiere. Doch anders als ein Wolf verhungerte sie nicht. Ihre Begierde wurde nur immer größer, bis es ihr unmöglich wurde, sie im Zaum zu halten.

Und trotz dieser Tatsache hatte sie ihn in Zeiten ihres größten Verlangens lediglich mit ihren schändlichen Avancen gequält. Ihn herausgefordert und seine Instinkte angesprochen. Er konnte sich ihr erwehren, auch wenn es nicht immer einfach war. Um seinen Körper zu verleugnen, musste er einen Preis zahlen. Sie war schlussendlich immer in seiner Nähe. Die Geheimnisse, die er vor ihr bewahren konnte, waren die in seinem Inneren. Selbst ihr Wagnis, von Zeit zu Zeit einmal einen Blick in ihn zu riskieren, würde ihr nicht mehr Erkenntnis gewähren als das schon Offensichtliche.

Er führte seine Hand sanft über ihre Schulter und dann ihren Arm entlang. Er merkte, wie sich die feinen Härchen ihrer Haut aufstellten. Seine Hand wanderte weiter, entlang ihrer Seite und auf ihre Hüfte. Dann gab er ihr mit der flachen Handfläche einen Klaps auf die Pobacke.

Ein überraschter Laut entkam ihrem Munde und sie drehte den Kopf umständlich in seine Richtung. »Ihr seid gemein!«

»Es wird Zeit. Die Sonne geht bereits auf. Wir müssen uns auf den Weg machen«, entgegnete er.

Sie drehte sich auf den Rücken. Sein Blick kam nicht umhin, ihre Brust und ihre hellen Knospen zu betrachten.

»Ich dachte, Ihr wolltet dem Prediger in diesem Ort einen Besuch abstatten. Habt Ihr dieses Vorhaben verworfen?«

Er sah in ihre dunklen Augen. Sie ging nicht auf seinen Blick ein. Der Grund dieser Verhaltensänderung würde ein Nachspiel haben, doch nicht hier und jetzt. »Du hast recht, wir werden den Priester aufsuchen. Ich möchte wissen, was es mit dem Scheiterhaufen auf sich hatte.«

Durch das zugige Fenster hörte Halius ein Läuten. Das war eine Glocke, eine bestimmte Glocke. Der Klang kam ihm sonderbar vertraut vor, als ob er ihn schon einmal gehört hatte. Er wurde lauter und lauter in seinem Kopf, wuchs zu einem schmerzhaften Dröhnen heran. Halius verzog das Gesicht und bemerkte augenblicklich Ezyas Hand an seiner Wange. Der Schmerz verschwand und als er die Augen wieder öffnete, sah er die Angst in ihrem Gesicht.

»Was ist? Was stimmt nicht mit Euch?« In ihren Worten klang ernsthafte Sorge mit.

»Wir müssen hier weg, Ezya. Und zwar schnell. Sieh zu, dass du dich anziehst!«

Halius drehte sich aus dem Bett und stand eine Sekunde später aufrecht auf dem Holzboden. Ein Schwindel ließ ihn innehalten. Er drängte ihn nieder. Dann griff er nach seiner Kleidung, die er sorgfältig zusammengelegt und neben der Waschschüssel platziert hatte. Hinter sich hörte er Ezya aufstehen.

»Bitte sagt mir, was los ist? Geht es Euch nicht gut? Ist das wieder eine Eurer Eingebungen?«, bettelte sie förmlich um eine Antwort.

»Stell keine Fragen, auf die ich keine Antworten kenne! Tue das, was ich dir aufgetragen habe! Wenn wir getrennt werden, dann denke erst nach, bevor du weitergehst. Sei dir sicher, dass es klug ist, zu mir zurückgeschickt zu werden und keine Falle. Das würde unser beider Verderben sein. Und Ezya …« Halius machte eine Pause und drehte sich zu seiner Begleiterin um, die ihn aus aufgerissenen Augen anstarrte. »Vergiss, was du über

Dämonen weißt! Verstecke dich nicht hinter dem Schleier! Es gibt Mächte, bei denen du dich nicht darauf verlassen kannst, nicht gesehen zu werden. Und ich spreche hier nicht von Tieren und den Gefahren in der Wildnis.«

Ezyas Atmung ging stoßweise. Halius sah in ihren Augen das Unverständnis, das er auslöste. Es versetzte ihm in diesem Moment regelrecht einen Stich ins Herz, sie so zu sehen. Er wünschte, er könnte es ihr schonender beibringen, doch dafür war keine Zeit.

Sein Kettenhemd klimperte und er schnürte seinen Waffengurt noch ein wenig enger. Dann wandte er sich zur Tür.

»Eure Robe!«, hörte er seine Begleiterin hinter sich.

»Verstecken wird uns hier nichts mehr nutzen, Ezya. Vielleicht habe ich das alles hier falsch gesehen. Die falschen Schlussfolgerungen getroffen. Ich befürchte, ich muss das infrage stellen, wofür ich mein Leben lang gekämpft habe. Bitte verzeih mir meine Blindheit.«

Nach seinen Worten öffnete er die Tür und verließ das Zimmer. Es schmerzte ihn tatsächlich Ezya in diesem Moment zurückzulassen. Doch es war nur für kurze Zeit und sie würden auf jeden Fall wieder zueinanderfinden. Das konnte keine Macht verhindern, solange das Mal auf seiner Brust intakt war.

Er lief die Treppe zum Schankraum hinab. Der Raum war verweist, aber der Geruch von Essen lag in der Luft. Vielleicht war ihre Gastwirtin in der Küche und bereitete das Frühstück vor.

Sein Ziel war klar, er musste nach draußen. Er musste seiner Erkenntnis die Gewichtung verleihen, keine

Fehlannahme zu sein. Mit Schwung öffnete er die Tür und trat nach draußen.

Er fand sich in einer kleinen Hütte wieder. Verwirrt sah er sich um. Wie lange war es her, dass er hier gewesen war, fragte er sich. Er wusste nur, es war länger, als ein Menschenleben währte. Ein Feuer brannte in einem grob gemauerten Kamin, der auch als Kochstelle diente. In einem Topf köchelte eine Flüssigkeit. Es roch nach Zimt und Thymian. Auf einem Wandregal zu seiner Rechten standen kleine Tongefäße. Er wusste, was sie enthielten. Kräuter aller Art. Er hatte helfen müssen, sie zu sammeln und zu mahlen. In einer Ecke der Hütte befand sich ein Stuhl, vor dem ein kleines Mädchen hockte. Sie hatte so etwas wie eine Puppe in den Händen. Ihre Bewegungen hielten inne und sie erhob sich langsam.

Er hatte ihr Antlitz vergessen. Doch just in dem Moment, in dem er in ihre blauen Augen sah, wusste er, wer sie war, ihren Namen und ihre Geschichte.

»Halius, hast du Mama gefunden? Wo ist sie?«, sprach sie ihn an.

Er antwortete nicht.

Das Mädchen trat auf ihn zu. Sie sah zu ihm auf. »Wir sollen uns verstecken, Halius. Aber wo?«

Die Augen auf das Kind vor sich gerichtet, machte sein Adamsapfel einen Sprung. Auf und ab. Der bittere Kloß in Halius' Hals wollte nicht verschwinden, egal, wie oft er schluckte.

Ohne den Blick abzuwenden, zeigte er mit der Linken auf eine Stelle am Boden der Hütte. Das Mädchen folgte seiner Geste. »Mama hat uns verboten, dort unten zu sein.«

»Das ist jetzt nicht von Bedeutung. Geh und verstecke dich.«

»Was ist mit dir? Wirst du mich begleiten, Halius?«

Die Mundwinkel des stämmigen Mannes zuckten. »Nein. Ich werde sie ablenken.«

»Ich habe Angst allein. Dort unten ist es dunkel.« In den Augen des Mädchens sammelten sich Tränen.

»Ich weiß. Aber wenn ich hier fertig bin, dann wirst du keine Angst mehr haben. Nie wieder. Ich verspreche es dir.«

Das Mädchen wischte sich mit dem Handrücken über die Augen. »Hier, Halius. Nimm Luisa mit. Sie wird auf dich aufpassen.« Sie streckte ihm die Stoffpuppe entgegen. Halius ergriff sie, berührte ihre Finger. Es war so lange her.

Kurz schloss er die Augen, nahm einen tiefen Atemzug und wandte sich dann in Richtung Haustür. Er blickte nicht zurück, konnte es nicht, wollte es nicht.

Ein kalter Wind wehte durch seine langen Haare. Er hatte sie nicht zusammengebunden. Im Lichte des wolkenverhangenen Himmels glänzten einige Strähnen wie silbernes Lametta. Das war kein Zeichen des Alters, flog ein Gedanke an seinem Bewusstsein vorbei. Er zog sein Schwert. Das Schaben der Klinge am Metallrand der Scheide war ein vertrautes Geräusch für eine Person wie ihn. Dann machte er sich auf den Weg zurück ins Dorfzentrum.

Der Weg führte ihn an den Häusern vorbei. Dunkle Katen, die wirkten, als wären sie bereits Jahre verlassen. Doch Halius wusste es besser. Der Schein trog. Es war alles eine Lüge, die er sich selbst auferlegte. Er war nicht anders als die Menschen, die hier lebten. Gefangen in ihren Sünden, die sie immer und immer wieder durchlebten, ohne in der Lage zu sein, den Kreislauf zu durchbrechen. Nicht weil sie unfähig waren, es nicht zu können. Wie die Dämonen, die sie quälten, waren sie blind für die Wahrheit.

Seine Aufmerksamkeit richtete sich auf ein großes, steinernes Gebäude, welches auf einem Hügel links der Straße stand. Wie hatte er es vergessen können? Warum hatte sein Glaube ihn nicht auf den richtigen Pfad zur Wahrheit geführt? Er war ein Zweifler. Ein Sünder aus Perspektive des Glaubens. Doch war es wirklich so, oder war dieser Gedanke nur wieder Teil seiner eigenen Geißelung?

Vom Turm des Glaubenshauses erklang wieder das schrille Läuten der Glocke, das er schon so oft gehört und das sich in seinen Geist gebrannt hatte. Wie oft hatte er den Predigten im Inneren gelauscht, hatte sie für die einzige Wahrheit gehalten. Bis zu jenem schicksalhaften Tag, an dem seine Welt ein Ende fand.

Die Straße machte eine Biegung nach rechts. Halius erblickte wieder die Taverne, in der sie genächtigt hatten. Und er sah die Menschen, die sich in einem Pulk um die Feuerstelle versammelten. Zwei Pfähle standen aufrecht auf der Straße. Vom Brand war keine Spur mehr zu sehen. Der Kreis hatte sich geschlossen und alles fing von vorn an. Langsam schritt er auf die Menschenmenge zu. Einige Dorfbewohner drehten sich zu ihm um und machten Platz. In ihren Gesichtern war Ehrfurcht zu erkennen.

»Dort ist der Sünder! Er bringt die Dämonen in unsere Gemeinschaft. Ich habe es gespürt und gerochen! Er ist verdorben bis ins Mark!« Es war die Gastwirtin, die mit dem Finger auf Halius zeigte. Ihr Gesicht, von Hass verzerrt, wirkte kaum noch menschlich.

Einige Männer reagierten. Es waren einfache Leute, die mit Heugabeln und Äxten bewaffnet waren. Sie stapften auf den Mann zu, der sich jetzt von den Bewohnern der Gemeinschaft umzingelt sah.

Doch Halius Atem ging ruhig. Dort war keine Furcht im Gesicht des Ritters zu erkennen. Mit seiner Rüstung aus Kette und Leder wirkte es wie ein ungleicher Kampf, trotz der gegnerischen Überzahl. Sein Blick richtete sich auf das gesammelte Holz, das die Bewohner aufgehäuft hatten und auf die beiden Stämme, an denen zwei Personen gefesselt waren.

»Halius? Was geschieht hier? Warum können mich diese Menschen sehen?« In Ezyas Augen brannte die Angst. Sie war so ahnungslos, wie er noch vor Kurzem gewesen war. Doch viel schlimmer als dieses Erlebnis hier würde die Erkenntnis sein, die er nun mit ihr teilen musste.

Der erste Angreifer schwang seine Axt. Halius drehte sich aus der Schlagrichtung. Fast schon beiläufig trieb er seine Klinge durch den Bauch des Mannes. Es folgte kein Schrei. Dort war gar nichts. Nur der nächste Mann, der mit seiner Forke auf ihn einstach. Halius' Waffe parierte den Angriff, dann versetzte er dem Angreifer einen Stoß mit der Schulter und gleich darauf mit seinem Stiefel. Der Mann fiel nach hinten.

Anschließend stach er mit seinem Schwert nach links. Ein Mann mit Dolch lief ihm direkt in die Klinge. Halius sah ihm ins Gesicht. Der Schmerz, den sein Gegner fühlte, war nichts gegen das Leid, welches er bereits erlebt hatte. Fast gleichgültig sackte er zusammen und ergab sich seinem Schicksal.

Der Lynchmob nahm Abstand von Halius. Einige Frauen und Männer suchten das Weite. Der Ritter entspannte sich sichtlich und ließ sein Schwert sinken. Ezya sah ihn mit aufgerissenen Augen an. Vor ihr stand ein Mann in schwarzem Gewand. Er hatte den Kopf gesenkt. Halius konnte sein Gesicht nicht sehen.

»Mein Sohn, bitte vergib mir meine Schuld! Ich hätte es verhindern müssen, aber ich war schwach. Ich habe deine Mutter und euch beide im Stich gelassen.« Der Gefangene, der neben Ezya an den Pfahl gebunden war, sah Halius in die Augen. Oznar, erinnerte er sich.

Auf einmal stach es den Ritter wie eine heiße Klinge in die Schläfen. Er presste die Augen zusammen und brauchte einen Moment, um sich wieder zu sammeln.

»Er hat den Kreis durchbrochen, Ezya«, sagte Halius mit zusammengebissenen Zähnen und wandte den Kopf. Die junge Dämonin stand plötzlich neben ihm. Doch das überraschte ihn in keiner Weise, ganz im Gegensatz zu ihr.

»Wer ist das? Warum sind wir wirklich hier?«, fragte Ezya. Sie hob die Hände und betrachtete ihre zitternden Glieder.

Halius ergriff sie und drückte sie so fest er konnte. Das Zittern verschwand.

Er pustete und machte sich gerade. »Das Land verändert sich. Und ich weiß nicht, was der Auslöser dafür ist. Aber es ist nach langer Zeit ein Licht, welches ich am Horizont sehe. Wir sind auf dem richtigen Weg, meine treue Begleiterin. Du und ich.«

»Der Priester. Er entzündet das Feuer. Sollen wir ihn aufhalten?« Ezyas Stimme zitterte noch immer.

»Nein, es ist geschehen und wird geschehen. Es wird das letzte Mal sein. Sie sind frei.«

»Haben wir sie befreit? Warum und wie?«

Er sah im Augenwinkel, wie seine Begleiterin sich ihm zuwandte. »Nein, das haben sie aus eigener Kraft geschafft. Aber ich glaube, wir trugen einen Funken dazu bei. Einen Funken, der ein Feuer entfachte. Einen letzten Schritt ermöglichte.«

»Was genau war das?«

»Ich habe nach Hause zurückgefunden, Ezya. Du kannst dir nicht vorstellen, wie lange ich auf der Suche war, ohne zu wissen, wofür ich gekämpft hatte.«

Die Flammen schlugen hoch. Oznar und die Frau, die jetzt neben ihm gefesselt war, schrien. Das Feuer verzehrte ihr Fleisch. Und dann löste sie sich mit schier übermenschlicher Kraft. Die Frau neben Oznar kreischte, wandte sich um und lief, der Panik verfallen, brennend in Richtung des Hauses am Dorfrand. Wenig später loderten die Flammen meterhoch. Die Menschen, die noch geblieben waren, um dem Schauspiel zu folgen, liefen davon. Es war geschehen. Halius hoffte, es wäre das letzte Mal gewesen.

Mit einem Satz setzte sie sich wieder neben ihren Begleiter, der jetzt Richtung des steinernen Gebäudes auf dem Hügel zumarschierte.

»Ich verstehe nicht, was hier geschieht. Warum war ich plötzlich an den Pfahl eines Scheiterhaufens gefesselt, nachdem ich durch die Vordertür der Taverne getreten war? Und wer war die Frau, die meinen Platz eingenommen hat?«, sprach die junge Dämonin aufgebracht.

Ihr Herz schlug wie verrückt und obwohl sie es sein sollte, die Angst zwischen den Menschen säte, war ihre in diesem Moment schier übermächtig.

Halius sprach, ohne sie anzusehen und setzte seinen Weg unbeirrt fort. »Ich weiß es nicht.«

»Wo ist der Priester hin, der das Feuer entzündet hat? Warum brennt es nicht mehr?«

»Ich weiß es nicht!«

»Ihr seid ein Ritter des Glaubens. Warum geschehen diese Dinge ohne Euer Wissen? Was tun wir jetzt? Was habt Ihr vor?« Ezyas Stimme überschlug sich förmlich.

Ihr Begleiter, den sie nun fast ihr ganzes Leben lang kannte, stoppte und wandte sich zu ihr. Mit seinen starken Händen packte er ihre Schultern und schüttelte sie einmal kräftig. Seine Augen waren ihr in diesem Augenblick fremd geworden, machten ihr Angst. »Ich weiß es nicht, Ezya. Ich brauche Zeit! Ich muss nachdenken. Ich weiß nur, wir müssen diesen Priester finden!«

Die beiden starrten sich noch einige Sekunden lang an. Dann ließ Halius sie los und sprach weiter. »Du musst mir vertrauen. Und du musst vorsichtig sein.«

Seine Worte kamen bei Ezya an. Dort war etwas, zwischen den Zeilen, was sie verstand. Was ihr den Ernst der Lage verdeutlichte, und ihr Angst bereitete. Eine Angst, die anders war, fremdartig. Sie wagte es nicht, weitere Fragen zu stellen. Schweigend folgte sie Halius zum steinernen Gebäude.

Eine hohe doppelseitige Eichentür stand einen Spalt weit offen. Das Holz war verwittert, stumpf und abgeplatzt.

»Das ist das erste Glaubenshaus, welches wir betreten«, sagte Halius beiläufig.

»Was erwartet uns im Inneren?« Ezya flüsterte beinahe.

Der hochgewachsene Ritter drehte sich halb zu ihr. »Deine Art. Du wirst sehen.«

Er zog an dem schmiedeeisernen Ring und öffnete damit eine Seite der Doppeltür so weit, dass sie hindurchgehen konnten.

Ezyas Augen brauchten einen Moment, um sich auf das Licht im Inneren des Gebäudes einzustellen. Von einem kleinen Vorraum ging eine weitere Doppeltür in einen hohen Saal. In zwei Reihen standen hölzerne Sitzbänke hintereinander. Ein in der Mitte gelassener Gang führte zu einem Altar, auf dem ein goldenes Gefäß stand, an dem auf beiden Seiten so etwas wie Flügel angebracht waren. Am Gefäßkörper war ein riesiger, ovaler Edelstein

eingelassen, der das Kerzenlicht reflektierte und facettenreich zurückwarf. Die Fenster des Gebäudes waren hoch
und aus Mosaikglas gefertigt. Sie zeigten Bilder von Personen und Wesen, die Ezya nicht kannte.

Halius schritt weiter auf den Altar zu. Vor diesem
kniete der Mann mit dem schwarzen Gewand, der Priester.
Ezya hatte schon in anderen Siedlungen Priester gesehen.
Sie war jedoch noch nie mit Halius in einem Glaubenshaus
gewesen oder hatte einer Messe beigewohnt. Es ergab sich
nie, oder ihr Begleiter vermied es, diesen Zusammenkünf-
ten beizuwohnen. Sie war ganz froh darum, denn sie hatte
das merkwürdige Empfinden, hier fehl am Platz zu sein.

Etwas an der Gestalt des Priesters erschien sonderbar,
bemerkte Ezya. Der Mann kniete auf dem Boden und richtete seinen Kopf an die Decke. Ihr Begleiter links und sie
rechts, umrundeten die Person. Und jetzt erkannte die Teufelin auch den Grund für den merkwürdigen Eindruck. Der
Priester reckte nicht nur seinen Kopf in die Höhe, er war
gänzlich nach hinten geklappt. Sein Hals lag offen, genauso wie sein Oberkörper, dessen Rippen wie zwei Türen
geöffnet waren und sein dunkles Inneres preisgaben. Doch
da waren keine Knochen, keine Organe. Dort war nur ein
scheinbar bodenloses schwarzes Loch. Die Augen des
Mannes waren geschlossen. Sein Gesicht wirkte wächsern.
Das war kein Mensch mehr, vielleicht nie gewesen.

*»Was ihr sucht, werdet ihr hier nicht finden, meine Kin-
der«*, sprach eine Stimme hinter dem Altar.

Sie klang sonderbar. Ezya konnte nicht feststellen, ob
sie männlich oder weiblich war.

»Zeig dich, Dämon! Dein Spiel ist aufgeflogen. Dein
Betrug hat hier und jetzt ein Ende«, sagte Halius. In seiner
Stimme schwang weder Furcht noch Verunsicherung mit.

Ein Poltern erklang hinter dem Altar. Dann kam etwas Hautfarbenes langsam hinter dem goldenen Gefäß hervor. Die Gestalt wurde immer größer, bis sie die Ikone des Glaubens um Längen überragte. Etwas Humanoides, dachte Ezya. Jedoch so fremd und grotesk. Es konnte sich nur um eine Verhöhnung menschlichen Lebens handeln. Vom Kinn aus zog sich ein Hautlappen über das, was eigentlich ein Gesicht sein sollte. Das Wesen hatte keine Augen, keine Nase, nur einen Mund, dessen Öffnung in die Oberfläche geschnitten war. Der Lappen spannte sich über eine Art Fächer, der die Stirn auf groteske Weise verlängerte. Das Geschöpf war männlich und weiblich zugleich. Halb und halb unterschieden sich die Körperhälften voneinander. Die rechte Seite zeigte eine männerähnliche Statur. Die Linke war eindeutig weiblich. Eine Brust und die geschwungene Hüfte traten in strengen Kontrast zu ihrer Gegenseite. Wie ein schlecht zusammengeschustertes Stück Fleisch, lang gezogen und in einer Größe, die jeden Mann bei Weitem überragte.

Der Dämon hob sein rechtes Bein und überstieg den Altar. Anschließend stellte er seinen Fuß neben die Hülle des Priesters und beugte sich zu den beiden Wanderern herab. Die Bewegung seines Kopfes wirkte gezielt, was Ezya darauf schließen ließ, dass dieses Ding sie irgendwie sehen konnte.

»Und wer will es mir untersagen, das zu tun, wofür ich hier bin?« Der Dämon wandte sich von Halius ab und richtete seinen augenlosen Kopf auf Ezya aus. Diese trat einen Schritt zurück. An ihren Unterschenkeln fühlte sie die Sitzfläche der vordersten Bank. *»Ich habe dich gespürt. Etwas, was durch den Schleier gebrochen ist. Aber das*

hier sind die falschen Gefilde für dich, meine Schöne. Ich kann dich hier nicht dulden.«

»Wovon sprichst du? Warum tust du den Menschen an diesem Ort diese schrecklichen Dinge an?«, spie Ezya dem hochgewachsenen Ding entgegen.

Der Dämon streckte eine Hand nach Ezya aus. Seine Extremitäten waren viel zu lang und unproportional. Seine Finger hatten mehr Ähnlichkeit mit Klauen als mit menschlichen Händen.

»Es gibt Regeln. Diese Menschen schaffen sich ihr eigenes Schicksal. Sie suchen nach Führung für ihren Hass und ihre Verachtung. Ich gebe sie ihnen. Sie sehen nicht, was um sie herum geschieht, solange ich es nicht möchte. Es ist nicht ihr Wille, eine andere Wahrheit verkündet zu bekommen als die meine. Das musst du akzeptieren, Kind.«

»Das ist bereits geschehen, Dämon. Der Schleier hat Risse bekommen. Die Menschen erheben sich, stellen Fragen. Sie stellen dich infrage, deine Autorität, deinen Nutzen. Es ist nur eine Frage der Zeit, bis weitere folgen. Gib sie frei«, sprach Halius kühl.

Der Dämon drehte langsam den Kopf. Seine Bewegungen wirkten zäh, als ob er sich durch Wasser bewegen würde. *»Und wer bist du, die Gesetze hier in Zweifel zu ziehen? Ein Mensch in den Fängen der Lust? Ich kann deinen Frevel nicht nähern. Aber sie kann es, nur nicht hier. Dennoch verspüre ich eine gewisse Neugier. Die Veränderungen sind nicht einfach unbemerkt an mir vorbeigegangen und ich frage mich, wie sie zustande gekommen sind. Ihr werdet mir die Antworten geben, ja, das werdet ihr.«*

Der Dämon drehte seinen Kopf wieder in Ezyas Richtung. Wollte er von ihr die Antwort? Sie wusste doch selbst nicht, was das alles zu bedeuten hatte. »Halius, wovon spricht es?«

»Eine Herrin, die den Diener um Rat fragt? Dein Verhalten ist höchst sonderbar. Aber ich bin gespannt, was diese verlorene Seele spricht. Ich gebe es ungern zu, aber ich verspüre einen gewissen Mangel an Kreativität dieser Tage. Mögest du mich überraschen, Mensch! Antworte deiner Herrin!«

Die Sehnen seiner Hand traten deutlich hervor, als Halius den Griff seines Schwertes fester umschloss. Ezya hatte ein ungutes Gefühl in ihrer Magengegend. Das, was ihr Begleiter jetzt sagte, würde vielleicht über ihr Schicksal entscheiden. Über ihrer beider Schicksale. »Du missdeutest meine Position. Hier geht es nicht um das, was du willst. Deine Aufgabe hier hat ein Ende gefunden. Wie und warum ist für dich nicht von Bedeutung.«

»Nur ein Narr nutzt deine Worte, Mensch. Ich beuge mich keinem Vieh. Ich bin es, der es treibt, der es nähret, der es schlachtet. Du hättest lieber deine eigenen Worte sprechen sollen, Buhlteufelin. Ihr werdet bleiben. Es ist Zeit für etwas Neues.«

Ezya trat einen Schritt auf die Kreatur zu. Diese richtete sich erwartungsvoll auf sie aus. Ihr scheußlicher Mund verzerrte sich zu einer Art zahnlosem Grinsen. »Es wird Zeit, deine Augen zu öffnen. Du sprichst weder mit einem Diener«, sagte Ezya und machte eine kleine Pause, »noch mit einem Menschen.«

Etwas veränderte sich im Antlitz dieser Kreatur. Vielleicht nahm Ezya die Spannung der Haut wahr, die sich über den Schädel des Dämons zog. Sein Grinsen war verschwunden. Dann wandte er sich wieder Halius zu und neigte den Kopf ein wenig, als ob er ihn genauer mustern würde.

»Ich verstehe. Aber ein Vieh wird nicht ändern, was es selbst erschuf. Selbst wenn es von Mächten zehrt, die meinen ebenbürtig sind. Es ist die Verzweiflung in dir, die dich schwach werden ließ. Und ich bin ihre Mutter und ihr Vater. Ich bin das, was dich lähmt, das, was dich zügelt. Ich bin das, was übrig bleibt, wenn die Flamme der Hoffnung erlischt. Ich bleibe hier, auch wenn ich vergraben werde, von Lust und Völlerei erdrückt, währe ich ewig.«

Das groteske Ungetüm richtete sich auf und streckte seine Arme in Richtung der Eingangstür des Glaubenshauses aus. Ein Donnern ertönte und dann ein lautes Knacken. Ezya drehte sich um und trat einen Schritt zurück. Gerade noch rechtzeitig, denn zwei Reihen Holzbänke wurden wie von unsichtbarer Hand in die Höhe gerissen und kippten teilweise gegen die Mosaikglasscheiben. Scherben regneten in den Gebetsraum und jede hinterließ ein Klingeln. Die Echos schaukelten sich zu einem erdrückenden Dröhnen auf und Ezya hielt sich die Hände an die Ohren. Im Augenwinkel sah sie Halius zurücktaumeln.

Dann wurde die Eingangstür aufgerissen. Die Dorfbewohner stürmten in den verwüsteten Saal. Ihre Augen vor Zorn und Schrecken aufgerissen. Speichel lief ihnen aus den Mündern, ihre Augen rot wie Feuer.

»Sünder! Ihr seid Sünder!«, schrie Pastian in Ezyas und Halius' Richtung. Er war mit einem Messer bewaffnet, wie viele des heranstürmenden Mobs.

Die Dämonin sah zu ihrem Begleiter hinüber. Dieser hatte sich gefangen und seine Waffe gehoben. Er nickte ihr zu und sie wusste, was das zu bedeuten hatte. Sie spürte, wie sich der Stoff ihrer Hose straffte und dann nachgab.

Ihr verlängertes Hinterteil, so wie Halius ihren Schwanz immer nannte, war nun frei und schlängelte sich in einer Spirale über ihre Schulter. Wie ein kleines Haustier, welches sie unter Kontrolle hatte.

Halius griff an und Ezya sah sich bald schon dem ersten wahnsinnigen Dorfbewohner gegenüber. Eine Frau mit einer Bratpfanne bewaffnet.

Sie hatte das schon so viele Male mit Halius trainiert. Seit sie noch ein unschuldig anmutendes Mädchen gewesen war, hatte er sie die unterschiedlichen Techniken des Kampfes gelehrt. Zuerst hatte sie nicht gewusst, warum sie das alles hatte lernen müssen. Sie konnte sich doch ganz leicht vor Menschen verstecken. Diese blendeten sie aus, als ob sie gar nicht existieren würde. Für fast alles, worauf sie Einfluss nahm, für Lärm, das Herunterfallen eines Kruges oder ihre Kleidung, konfabulierten sich diese Geschöpfe etwas zurecht. Sie konnten nicht sehen, nicht verstehen. Anders war das mit Tieren. Es gab wenige in diesem Land und die meisten waren gefährlich. Wölfe, die auf der Suche nach frischem Fleisch waren und auch nicht davor zurückschreckten, eine Dämonin anzuknabbern. Dort draußen gab es Bären und andere Dinge, die selbst Halius einen Schauer über den Rücken laufen ließen. Und dann waren da noch die Dämonen wie sie selbst. Die meisten suchten das Weite, sobald man sie entdeckte. Aber manchmal waren sie aggressiv, je nach ihrer Art. Ezya fühlte sich über die Jahre immer weniger mit ihnen verbunden. Was hatte sie mit diesem Ding gemein, welches in dem Priester gelauert hatte? Warum Halius und sein Glaube keine Unterschiede zwischen den Dämonen machten, verstand sie nicht. Diese Bürger, die jetzt auf sie zurannten, von einem Wahnsinn befallen, machten der jungen Frau jedoch tatsächlich größere Angst als alle Dämonen, die sie bis jetzt getroffen hatte.

Mit einem Schritt nach vorn wich sie dem Schlag mit der Bratpfanne aus. Ihr verlängertes Hinterteil zuckte, direkt durch den linken Augapfel der Bäuerin. Diese sackte lautlos zusammen.

Eine Axt trieb von oben auf sie zu. Sie griff nach dem Schaft der Waffe und stoppte den Angriff mühelos. Ein Vorteil des Dämonseins war die Kraft, die sie aufbringen konnte. Der Angreifer sah sie mit aufgerissenen Augen an. Dieser Dämon des Hasses hatte es irgendwie bewerkstelligt, sie für diese Menschen wahrnehmbar zu machen. Sie packte den Mann am Kragen und schleuderte ihn wie ein Spielzeug durch die Luft in Richtung einiger weiterer Wahnsinniger.

Blut und abgetrennte Körperteile flogen durch ihr Sichtfeld. Sie sah kurz zu ihrem Begleiter, der sich geschwind durch die Reihen der Angreifer drehte und nichts als den Tod zurückließ.

Etwas an den Menschen veränderte sich. Sie wurden langsamer und irrten anscheinend ziellos umher. War es vorbei? Hatte der Dämon, der sie kontrollierte, seine Kraft verbraucht?

»Du Hure des Abgrunds! Ich habe schon viele wie dich brennen sehen!« Mit einem Kreischen drang die dicke Gastwirtin mit einem hölzernen Nudelholz auf Ezya ein. Die Frau war schneller als erwartet und erwischte sie an der Schulter. Sie taumelte und konnte sich gerade noch fangen, um nicht zu stürzen. Doch ein weiterer Schlag folgte sofort, genau gegen ihre Schläfe. Ihre Sicht verschwamm und Ezya hatte kurz das Gefühl, das Bewusstsein zu verlieren. Mit ihrem Tunnelblick sah sie etwas aufblitzen und dann flog ein Schemen durch die Luft, landete mit einem Poltern auf dem Holzboden und rollte gegen ihren Huf.

Die junge Dämonin hielt sich die Schläfe. Sie spürte ein Pochen in ihrem Kopf, aber ihre Sicht klärte sich wieder. Vor ihr lag der Kopf der Wirtin und neben ihr schnaufte Halius.

Ein Blick in den Raum verriet Ezya, dass der Kampf vorüber war. Viele der Angreifer lagen reglos am Boden, hatten sich zusammengekauert, weinten oder stammelten unverständliches Zeug vor sich hin.

»Ist … Ist es vorbei?«, keuchte Ezya.

»Nur der Anfang vom Ende!«, ertönte eine verzerrte männliche Stimme hinter ihr.

Mit einem Satz wandte Ezya sich um und schaute in das wächserne Gesicht des Priesters, der hinter Halius stand. Seine Bewegungen wirkten abgehackt und ungleichmäßig, wie eine Theaterpuppe, die von einem Spieler gesteuert wurde.

Der Priester griff mit geschlossenen Augen nach Halius. Ezya war sich nicht sicher, ob er überhaupt Augen unter seinen künstlichen Lidern hatte. Dann hob er den Ritter am Kragen seines Lederharnischs in die Höhe. Dieser schlug mit seiner Waffe zu, doch mit einem Konter seiner linken Hand schleuderte der falsche Mann des Glaubens das Schwert aus Halius' Waffenarm.

Der Kopf des Priesters neigte sich unnatürlich schräg, wie die Bewegung eines Vogels. Halius strampelte und prügelte auf die Hand des Dämons ein, ohne Erfolg. Dann hob dieser seine freie Hand und streckte ihm den Zeigefinger entgegen. Ein Wimpernschlag später wurde die

Gliedmaße immer länger, bis sie das Gesicht des Ritters erreichte.

Ezya reagierte. Doch noch bevor sie ihren Begleiter erreichte, trieb der Dämon seinen spitzen Nagel in die Haut ihres Freundes. Halius schrie auf und Ezyas Herz machte einen unangenehmen Sprung. Panik stieg in ihr auf und eine schier unbändige Wut.

Eine Sekunde später erreichte sie den Priester und packte seinen Arm. Dann bog sie ihn mit aller Kraft nach hinten. Ihr Gegner wandte den Kopf und machte den Eindruck, selbst überrascht vom Widerstand ihm gegenüber zu sein. Er ließ Halius los, der zu Boden fiel. Nachfolgend griff Ezya mit ihrer zweiten Hand an die Robe des Predigers und schleuderte ihn mit aller Macht in Richtung des Altars. Der Mann flog im hohen Bogen durch die Luft und durchbrach scheppernd die Ikone des Glaubens. Es war nicht zu erkennen, was hinter dem Altarstein geschah, aber der falsche Priester richtete sich unnatürlich schnell wieder auf. Sein Gesicht war verschoben und falsch, wie die Farbe einer Malerei, die durch Wasser verlief.

Die Robe des Mannes stand offen und legte damit seinen ausgemergelten, puppenhaften Brustkorb frei. In ihm steckte der Edelstein aus dem Glaubensgefäß. Das Licht brach sich in ihm und wurde immer heller. Wie ein kleiner Stern, der Ezya fast das Augenlicht nahm. Sie legte sich die Hände vor das Gesicht, doch das Licht blendete sie dennoch. Dann war es vorbei und nur Dunkelheit blieb zurück. Erst dachte sie, sie wäre erblindet, dann schälten sich vereinzelt die Schemen des Raumes aus der schwarzen Masse. Der falsche Priester war fort.

Panisch sah sie sich um. Halius war auf seine Knie zusammengebrochen und hielt sich das Gesicht. Mit zwei Schritten war sie bei ihm.

»Seid Ihr verletzt? Lasst mich sehen!«, sagte sie mit Sorge.

»Nicht der Rede wert. Eine Narbe mehr auf meinem Körper macht keinen Unterschied«, entgegnete er gelassen. Es war also nicht so schlimm, dachte Ezya erleichtert.

Sie zog ihren Begleiter am Arm wieder auf die Beine und musterte ihn.

»Verwegen, würde ich behaupten. Es wird heilen und wenn Ihr Glück habt, dann bleibt nicht einmal eine Narbe zurück, mit der Ihr angeben könntet.«

Auf dem Gesicht des Ritters zeichnete sich tatsächlich ein Lächeln ab. Sie erwiderte es unweigerlich. Dann, ganz plötzlich, packte Halius sie und drückte sie an sich. Unfähig, etwas zu entgegnen, ließ sie ihn gewähren. Das hatte sie nicht erwartet.

Langsam ließ er sie wieder los. »Es wird Zeit, dass wir diesen Ort verlassen, denkst du nicht?«

»Was ist mit den Menschen, die noch leben?«, fragte Ezya.

Halius schüttelte leicht den Kopf. »Hier ist niemand mehr am Leben. Du musst hinter das schauen, was du siehst, Ezya. Komm.«

Er hob seine Waffe vom Boden auf und steckte sie ein. Nach dem Verlassen des Gebäudes hatte sich die Welt verändert. Ezya hätte nicht beschreiben können, was genau. Bis auf die Wolken, die aufgebrochen waren und das Licht der Sonne hindurchließen. Sie schloss für einen Moment die Lider und spürte die Wärme auf der Haut. Etwas drang in ihre Nase. Es war ein Geruch, ein Geruch nach Beeren und Blumen.

»Lauf geschwind zur Taverne! Dort liegt unsere Tasche mit der Verpflegung«, befahl Halius.

Verdutzt, aber gehorsam, tat sie, wie ihr befohlen. Die Tasche lag vor der offen stehenden Tür der Gastwirtschaft.

Langsam wanderten sie und ihr Begleiter weiter. Sie hatte so viele Fragen, doch sie war auch so müde. Eine kleine Hütte stach ihr ins Auge. Dort befanden sich tatsächlich Blumen vor den Fenstern. Sie waren gelb und rot. Das kannte sie nur aus Büchern. Und dort stand Oznar mit einer Frau. Ezya kannte sie. Es war dieselbe, die auf dem Scheiterhaufen mit ihm verbrannt war. Neben ihr ein kleines Mädchen an der Hand. Sie kniff die Augen zusammen. Dort war ein Schatten hinter dem Fenster zu sehen. Ein Junge, der sie aus dem Inneren des Hauses anblickte. Er kam ihr sonderbar bekannt vor.

»Ezya?« Halius' Stimme war wie ein Schlag. Sie wandte den Kopf. »Komm, sie haben den Frieden gefunden, den sie verdienen.«

Die junge Dämonin wollte etwas sagen, doch als sie zurück zum Haus sah, war es verschwunden. Dort war nur noch eine Ruine, schwarz und verwittert. Das Feuer hatte das Haus schon vor langer Zeit vernichtet und Moose bedeckten die verkohlten Holzbalken.

»Ich habe so viele Fragen, Halius.«

»Ich weiß. Und ich werde dir die Antworten geben. Jetzt ziehen wir erst einmal weiter. Unsere Reise ist noch nicht zu Ende. Wir haben noch einen steinigen Weg vor uns, meine treue Begleiterin.«

Ein Bündel, es ist gefüllt mit Lügen
Die Suche nach Wahrheit, sie birgt weder Erkenntnis
noch Trost

Eine Sünderin, sie wird vom Glauben verachtet
Ihre Erlösung, sie ist weder Sühne noch Läuterung

Ein Weg, er führt in dunkle Gefilde
Aus ihm wird ein Licht geboren, verheeren wird es nur
den Glauben

Geheimnisse

Das Feuer hatte eine hypnotische Wirkung auf Halius. Er wusste nicht, wie lange er in das Licht gestarrt hatte. Seine Gedanken trieben wie ein Blatt im Wasser. Ohne ein Ziel und ohne die Erkenntnisse, die er glaubte, erlangt zu haben, einordnen zu können.

»Eure Wunde blutet noch immer. Lasst mich sehen, ich werde sie säubern.« Ezyas Stimme klang wie ein Echo, welches aus der Dunkelheit hallte. Die Silhouette ihres Körpers schälte sich aus der Nacht. Ihr Gang war so elegant wie immer. Selbst auf diesem unebenen Untergrund wirkte sie wie eine Tänzerin, die eine Bühne betrat. Eine Darbietung gebend, die jeden Mann in ihren Bann zog. Einen Bann, der sie alle unweigerlich ins Verderben stürzen würde. Besonders jetzt konnte der Glaubenskrieger in ihm diesen Widerstand kaum aufbringen.

Die Dämonen der Lust waren fast alle wundervolle Geschöpfe. Ob Mann oder Frau, sie hatten auf jeden eine anziehende Wirkung. Doch obwohl ihr Name etwas versprach, das jeder Mensch sich herbeisehnte, waren diese Wesen nur dazu fähig, eine verdrehte und tief verdorbene Version von Liebe zu geben. Auf gewisse Weise taten sie Halius sogar leid, denn so wie er Ezya kannte, wollte sie ihm nichts Böses. Sie verzehrte sich nach der Begierde. Aber dort war noch mehr. Etwas, das nicht in den Schriften festgehalten wurde, weil es entweder niemand wusste oder weil es absichtlich ausgelassen worden war. Diese Geschöpfe waren genau wie ein Mensch auf jemanden angewiesen. Auf Nähe und Zuneigung jenseits ihrer Lüste. Abseits dieser Oberflächlichkeiten waren sie verletzliche Wesen, die weinten und klagten. Wütend wurden und zweifelten.

Nachdem Ezya als kleines Mädchen an ihn gebunden worden war, hatte er etwas in ihr gesehen. Heute Abend wusste er endlich, was das war. Es war das Mädchen aus der Hütte, an das er erinnert wurde. Nicht bewusst, das war ihm klar, aber auf einer Ebene, die Halius bisher nicht fassen konnte. Er hatte vergessen. Dieses Land hatte ihn gefangen wie auch seine Bewohner. Seine Sünde bestand darin, sich selbst als etwas anderes zu sehen, als die anderen es waren. Doch das war er nicht. Er war gleich, unfähig zu sehen, unfähig zu fühlen und unfähig zu entscheiden.

Doch dieses Mädchen, welches er an jenem schicksalhaften Tag an die Hand genommen und mit sich gezogen hatte, war wie ein Tropfen auf Stein gewesen. Beständig und unnachgiebig hatte es gegraben, wenn auch nicht willentlich. Und es hatte etwas zutage gefördert, ein Geheimnis, welches seine Seele gehütet hatte. Welches er schon vor langer Zeit vergraben und was es dennoch geschafft hatte ihn zu formen. Ihn zu dem zu machen, was er heute war, gebrochen.

Die Dämonen der Lust hinterließen nichts weiter als leere Hüllen. Sie nährten sich von den Seelen der Menschen, saugten sie aus, bis nichts mehr übrig war als ein verdorrter Geist. Ihre Opfer vegetierten vor sich hin, gefangen in ihren Fantasien. Halius hatte es gesehen.

Seine Begleiterin ging vor ihm in die Knie und er sah auf, blinzelte, weil ihm Blut ins Auge gelaufen war. Sie riss ein Stück ihres Leinenhemdes ab und tupfte damit den Saft seines Lebens von der Wunde. Es brannte, aber Halius war es gleich. Er war zu müde, um dem Schmerz die volle Aufmerksamkeit zu schenken.

»Mein Herr, wir müssen frisches Wasser finden, um die Wunde zu reinigen. Ansonsten wird sie sich entzünden.«

Mit einer schnellen Bewegung ergriff der Ritter das Handgelenk seiner Begleiterin. »Das ist nicht nötig. Ich werde ruhen und wir werden morgen früh weiterreisen.«

Die dunklen Augen der Frau funkelten im Lichte des Feuers. Er strich ihr über die Wange. Betrachtete ihre feinen Gesichtszüge, ihre Stupsnase. Alles war so rein und von einer Perfektion, in der er sich hätte verlieren können. Doch sie wich auf einmal zurück und blinzelte.

»Erklärt mir, was wir in diesem Dorf erlebt haben. Das war nicht alles, dieser Dämon. Diese Macht, die Realität so zu verdrehen, hätte er nicht gehabt. Und die Familie, die wir gesehen haben, als wir die Siedlung verlassen haben. Dort war ein Junge, der mich aus dem Inneren des Hauses angesehen hat. Ich kenne ihn«, sagte Ezya mit ruhiger Stimme.

Halius ließ seine Hand sinken. »Ja, du kennst ihn. Und zwar schon dein Leben lang.«

Der Mund der Dämonin zuckte und dem Ritter war fast so, als ob sie etwas erwidern wollte, doch sie setzte sich einfach vor ihn auf den Boden und schwieg. Eine Zeit lang sahen sie sich in die Augen, ohne ein Wort zu sprechen.

»Wie ist es, eine Mutter zu haben?«, fragte Ezya plötzlich.

»Eine Mutter gibt acht auf ihre Kinder. Sie beschützt sie und sie lehrt sie alles, was sie zum Leben brauchen. Eine Mutter gibt ihnen Wärme und Trost. Sie gibt ihr Leben, falls nötig.«

»Ja, sie hat ihr Leben gegeben. Ich habe es gesehen, im Dorf, im Feuer. Es war in ihren Augen, als sie Euch gesehen hat. Sie hat Euch erkannt, genau wie Oznar Euch erkannt hat.« Ezyas Blick fiel auf den Boden unter ihr. »Wenn wir nicht mehr verbunden wären, würdet Ihr Euer Leben für mich geben? Eine Kreatur, die Ihr verabscheut?«, sprach Ezya leise weiter.

Halius griff nach der Hand seiner Begleiterin und drückte sie. »Ich verabscheue dich nicht. Das habe ich nie.«

»Und dennoch lehnt Ihr mich ab. Behandelt mich wie ein Geschwür, welches Euch drückt und lästig ist. Sprecht mir meine Gefühle gegenüber Euch ab«, sagte Ezya und sah Halius tief in die Augen. »Ich bin kein Monster. Ich fühle und ich weine. Ich will verstehen, wer ich bin und was meine Bestimmung ist, versteht Ihr?«

»Ich weiß. Ich weiß das. Und es wird die Zeit kommen, in der du sie findest, Ezya. Deine Bestimmung, dein Schicksal. Und du wirst frei sein.« Halius griff an Ezyas Schultern und zog sie an sich heran. Sie ließ ihn gewähren und lehnte ihren Kopf an seine Brust. So blieben sie eine

Zeitlang sitzen, bis die Müdigkeit Halius' Bewusstsein mit sich zog.

Das Geräusch seiner Stimme ließ sie aufhorchen. An Schlaf war nicht zu denken, obwohl sie sich hundemüde fühlte. Doch die Ereignisse des vergangenen Tages ließen ihre Gedanken nicht zur Ruhe kommen.

Halius war eingeschlafen und sie hatten nicht mehr über ihre denkwürdigen und überaus beängstigenden Erlebnisse gesprochen. Dabei hatte es ihr Begleiter versprochen. Aber Ezya war ihm nicht böse. Das, was geschehen war, veränderte Halius. Er würde es ihr gegenüber wahrscheinlich niemals offen aussprechen, aber es machte ihm Angst, genau wie ihr.

Er redete im Schlaf. Verwaschene Worte, die Ezya nicht verstand. Was ging in ihm vor? Ihre Motivation, zu ihm zu gehen, war nicht aus demselben Grund geboren, wie die Nacht zuvor. Es war ein anderes Verlangen, Neugier. Sie würde keine Ruhe finden, wenn sie nicht einen Ansatz an Ordnung in diese Ereignisse bringen konnte.

In die Gedanken von Menschen zu gehen, war leicht. Sie hatte diese Fähigkeit mit in die Wiege gelegt bekommen und hatte es weder trainiert noch war sie jemals näher darüber aufgeklärt worden.

Einmal waren Halius und sie in einer Stadt gewesen, in der es eine große Bibliothek gegeben hatte. Im Nachhinein war Ezya bewusst geworden, dass ihr Begleiter ihre ständigen Fragen nicht hatte beantworten können. Das Wissen über Dämonen und ihre Natur waren anscheinend selbst für einen Ritter des Glaubens begrenzt.

Die Geschichten, die sie in den Büchern gelesen hatte, hatten sie in fremde Welten eintauchen lassen. Zuerst war es schwer zu unterscheiden, was Realität und was Fiktion war. Dabei musste ihr Halius helfen.

Durch seine Autorität, die er nur selten zeigte, waren sie in der Lage, auf verbotenes Wissen zuzugreifen. Bücher, die eingeschlossen gewesen waren und nur von bestimmten Personen gelesen werden durften. Es waren Bücher, in denen ihre Art beschrieben wurde. Und das, was sie in ihnen gelesen hatte, hatte ihr Selbstbild in einer Weise verändert, die sie bis heute nicht ganz verarbeitet hatte. Halius hatte es ihr gegenüber niemals geäußert, aber seit diesem Zeitpunkt war sie davon überzeugt, dass er sie insgeheim verachtete.

Irgendwann war der Schmerz, den sie in ihrem Inneren gefühlt hatte, so groß gewesen, dass sie den Entschluss gefasst hatte, ihn zu begraben. Ihr Verhalten änderte sich fortan. Sie hielt ihre Begierde seiner Person gegenüber nicht mehr zurück, zeigte sie offen und scheute irgendwann auch nicht mehr davor zurück, sich das einzufordern, was sie wollte. Auch wenn es nur in seinem Kopf spielte, war es eine gewisse Genugtuung für Ezya. Doch es verblieb etwas in ihr. Es flüsterte ihr zu, einen Fehler zu begehen, sein Vertrauen zu missbrauchen, ihn zu verraten. Was, wenn er es irgendwann herausfinden würde? Würde er ihr jemals verzeihen?

Sie legte sich neben sein Nachtlager und sah in sein Gesicht. Seine Augen bewegten sich, er träumte etwas. Einen intensiven Traum. Emotional und vielleicht auch beängstigend. Ein tiefer Atemzug füllte ihre Lunge. Dann berührte sie seine Stirn.

Sie waren das Licht. Das Gute in einer von Krieg und Leid geknechteten Welt, unantastbar und unbezweifelbar. Die Ritter des Glaubens stiegen aus dem Lichte des Jenseits herab, um jenen zu dienen, die dem wahren Glauben folgten. Sie waren geschickte Krieger und Feldherren, denen sich die größten und stärksten Armeen beugten. Sie straften diejenigen, die den falschen Pfad eingeschlagen hatten. Die der Sünde nachgaben, sie verehrten und lobten, den Dämonen Schutz boten und sich mit ihnen verbündeten.

Ein Krieg herrschte zwischen dem Guten und dem Bösen. Doch nichts konnte die Ritter des Glaubens aufhalten. Diese Wesen, manchmal Frau, manchmal Mann, waren der Schwertarm des Guten und kannten keine Gnade, kein Erbarmen mit Ketzern und Ungläubigen.

Ihr unfehlbarer Geist stammte von jenem Ort, der die Sehnsucht der Menschen darstellte. Ein Paradies, welches den Frieden brachte. Ein Ort, an dem jeder, der es wollte, eine zweite Chance bekam, sein Leben neu zu gestalten. Es

Ezya schreckte auf. Sie wusste nicht, wo sie war. Ihre Augen wanderten ziellos umher, bis sie ihre Umgebung verstand.

Ihr Körper lag auf etwas Weichem. Ein Bett, schlussfolgerte sie. Sie blickte auf eine verputzte Decke mit unebener Maserung. Langsam wandte sie den Kopf. Ein kleines Tischchen stand neben dem Bett. Sie drehte sich nach rechts und setzte sich dann auf die Kante des Schlafplatzes. Es roch nach Räucherwerk und herzhaftem Essen. Stimmen drangen vom Fenster des Raumes aus in ihre Ohren. Sie konnte die Worte nicht verstehen, es waren zu viele Gespräche gleichzeitig. An ihrem Leib trug sie ein langes Hemd aus grauem Stoff. Darunter anscheinend nichts.

Etwas stimmte nicht. Das alles fühlte sich viel zu real an, ganz anders als die anderen Male in Halius' Geist. Sie schaute sich über die Schulter und aus dem vergitterten Fenster. Der Himmel strahlte förmlich. Ein tiefes Blau, in dem einige fluffige Wolken schwebten. Die Sonne schien. So etwas kannte sie nur aus Büchern und hatte es in ihrem Leben lediglich im Ansatz gesehen. Die Gelegenheiten konnte sie an einer Hand abzählen.

Halius hatte behauptet, es gäbe keinen freien Blick mehr auf den Himmel. Er wusste angeblich nicht, warum das so war und auch in den Büchern der Bibliotheken fand Ezya nichts über das Phänomen. Alle Menschen schienen diesen Zustand des Landes einfach hinzunehmen und nicht infrage zu stellen. Sie irgendwann auch nicht mehr, kannte sie doch ihr Leben lang nichts anderes.

Bilder schwirrten in ihrem Kopf umher. Sie hatte geträumt, dachte sie. Von den Rittern des Glaubens.

Dort lag ein Buch auf dem Nachttisch. Sie griff danach. Es fühlte sich sonderbar an. Der Grund dafür blieb ihr schleierhaft.

»Das Manuskript des Glaubens«, las sie auf dem ledernen Einband. Sie hatte dieses Buch einmal vor langer Zeit gelesen. Eine Abhandlung über die Ursprünge und Riten der Gläubigen. In einem kurzen Abschnitt ging der Autor auch auf ihre Art ein. Die Erkenntnisse, die sie aus dem Text gezogen hatte, waren jedoch marginal gewesen. Sie waren eine fast schon fanatische Predigt und sprachen jedem Dämon sein Existenzrecht, Vernunft und jegliche menschliche Züge ab. Wenn, dann waren das Lügen, um zu verwirren und zu verführen. Als Kind waren Zweifel in ihr aufgekommen, was ihr Innerstes betroffen hatte. Sie stellte ihre eigenen Gefühle in Zweifel und hinterfragte jeden ihrer Schritte, bis sie nicht anders konnte, als Halius um Rat zu bitten.

Aber anders, als sie erwartete, bestärkte er sie in dem, was sie war. Er interpretierte den Text aus einer anderen Perspektive und sprach ihr Mut zu. Ganz verschwunden waren die Zweifel nie. Er würde als Ritter des Glaubens nicht lügen, so stand es geschrieben. Aber vielleicht belog sie sich selbst. Machte sich etwas vor und spielte unbewusst mit Mechanismen, die nur einem Zweck dienten: der Verführung und der Verderbnis.

Die junge Dämonin erhob sich vom Bettrand und machte einen Schritt. Daraufhin verlor sie das

Gleichgewicht und knallte ungestützt auf den Holzboden des Zimmers. Etwas stimmte nicht mit ihr.

Ein Schmerz durchzog ihre Schulter und sie kniff die Augen zusammen. Wilde Farben durchzogen ihr Sichtfeld und sie drehte sich umständlich auf den Rücken. Eine Zeit lang blieb sie so liegen, bis sich das Pochen in ihrem Körper beruhigt hatte. Dann setzte sie sich auf und konnte gerade noch einen Schrei aus ihrem Munde unterdrücken.

Ihre Beine waren die eines Menschen! Ihre Unterschenkel waren unbehaart und sie hatte Füße und Zehen, keine Hufe! Mit zitternden Händen berührte sie ihre veränderten Glieder. Alles fühlte sich echt an.

Nachdem sie wieder aufgestanden war, sah sie sich noch einmal um. Dort befand sich ein Standspiegel neben einem Paravent. Mit einem etwas watscheligen Gang näherte sie sich.

Eine Frau starrte sie von der anderen Seite der Spiegelfläche an. Sie hatte schulterlanges blondes Haar. Ezya wandte ihren Kopf hin und her. Das Spiegelbild imitierte ihre Bewegungen. Das war sie!

Sie prüfte ihren Körper und zog sich daraufhin das Nachtkleid über den Kopf. Ihr Teint passte zu ihrem Haar. Um ihre Nase und auf ihren Schultern hatte sie Sommersprossen. Sie schätzte, diese Person aus dem Spiegel und sie hatten das gleiche Alter. Eine attraktive junge Frau. Gepflegt und etwas weniger proportioniert, als Ezya es gewohnt war. Was, bei allen Geistern, ging hier vor? So etwas hatte sie noch nie erlebt. In den Erinnerungen von Halius und denen von Menschen war sie immer ein Gast gewesen. Jemand, der vom Rande einer Bühne aus zuschaute, aber durchaus auf das Geschehen Einfluss nehmen konnte. Aber hier schien sie Teil des Ganzen zu sein.

Wer war diese Frau und was hatte sie in Halius' Gedanken zu suchen?

An der Zimmertür ertönte ein Klopfen. Kurz darauf öffnete sie sich. Eine ältere Frau trat zielstrebig in das Gemach und sah sich mit strengem Blick um. »Vialla! Was machst du denn noch hier? Es ist bereits Mittag und die Gäste wollen bedient werden!« Nach ihren Worten drehte sich die Dame um, ging zum Fenster und öffnete es.

Ein kühler Wind von draußen umschmeichelte Ezyas Glieder. Die Frau musterte sie mit einem strengen Blick. Ihre Gesichtszüge waren starr und sie hatte tiefe Falten um den Mund und ihre Augen. Ihre Lippen waren zu einem Strich zusammengepresst, was ihr das Gesamtbild eines Raubvogels gab. Wenn es Ezya nicht besser gewusst hätte, dann hätte sie wetten können, dass diese Frau ein Dämon war, oder etwas Schlimmeres.

»Los, beeil dich. Ich weiß, du hattest bis sehr spät Dienst, aber ich brauche alle Hilfe, die ich kriegen kann. Solange das Regiment hier in der Stadt stationiert ist, ist rund um die Uhr Betrieb. Wir nehmen das Geld für das ganze Jahr in einem Monat ein. Ich kann dir jetzt schon versprechen, du wirst dir einige Wünsche erfüllen können, wenn wir das alles hier überstanden haben. Also Marsch, Marsch, beweg dich!«

Ezya sah die Frau verdutzt an, dann folgte sie ihr fast schon durch die Tür. Die Frau drehte sich daraufhin um. »Du scheinst gestern mehr getrunken zu haben, als ich es vermutet habe. Wir sind kein Freudenhaus, in dem die Frauen nackt auf den Tischen tanzen. An deiner Stelle würde ich mich erst einmal angemessen kleiden.« Sie hob neckisch eine Braue und verzog den Mund zu einem schelmischen Grinsen. »Aber vielleicht willst du damit ja auch den Offizier beeindrucken, mit dem du gestern so lange gesprochen hast. Ich gebe es nur ungern zu und ich rate dir, davon nichts deinem Vater zu sagen. Du weißt, er verurteilt diese sündhaften Gedanken, aber an deiner Stelle würde ich mich für den Kerl ordentlich ins Zeug legen. Meinen Segen hast du.«

Nach ihren Worten schloss die Frau die Tür und ließ Ezya allein im Raum zurück. Von wem sprach die Alte da?

Das Verlassen eines Geistes war so leicht, wie in ihn einzudringen. Es war eine Gabe, die Ezya nutzte, ohne darüber nachdenken zu müssen. Wie einen Finger bewegen oder zu atmen. Aber hier war es, als ob ihr irgendetwas fehlte, ein Teil ihrer selbst. Sie war gefangen, stellte sie mit klopfendem Herzen fest und sie wusste nicht, wie gefährlich so etwas bei einem Ritter des Glaubens ausfallen könnte. Er war kein Mensch, war anders als jeder, in den sie bisher geschaut hatte.

Die junge Dämonin kam zu dem Schluss, dass es unumgänglich war, das Zimmer zu verlassen, um an weitere Informationen zu kommen. Sie musste Halius finden, damit sie diese Vision oder was es war, wieder verlassen konnte. Ein Gedanke drängte sich ihr dabei auf: Was war, wenn es ihm bewusst war, dass sie in ihn schaute? Oder wenn sie es ihm bewusst machen musste? In diesem Fall wusste sie nicht einmal, wie sie das anstellen sollte.

In einem Kleiderschrank fand sie einige Trachten, die sie angebracht für das Etablissement hielt. Sie hatte es noch nie gemocht, schwere Kleider zu tragen und Halius hatte sie immer wieder ermahnt, sich angemessen zu geben. Sie verstand nicht, wozu dieser ganze Aufwand dienen sollte, denn es konnte sie ohnehin kein Mensch sehen, sofern dieser nicht in ihrem Bann gefangen war. Ihr

Begleiter hatte es strengstens verboten, solche Praktiken bei Männern und Frau einzusetzen und ihr mit Strafe gedroht, falls sie sich nicht an die vereinbarten Regeln hielt. Das war nicht leicht für einen Buhlteufelin, deren Verlangen mit wachsendem Alter immer intensiver wurde.

Trotz seiner Einstellung hatte der Ritter Ausnahmen für sie geschaffen. In ihrer Jugend hatte das Feuer in ihr irgendwann so heiß gelodert, dass sie krank geworden war. Fieber und Schüttelfrost suchten sie heim. Vielleicht wäre sie sogar gestorben, wenn Halius nicht interveniert hätte. Damals sagte er, eine Sünde zu begehen, könnte eine andere nicht auslöschen, besonders wenn einem keine Wahl gelassen wurde. Er bezog sich wohl darauf, dass er sie hätte sterben lassen können. Ezya vermutete jedoch, er redete sich die Angelegenheit schön, damit er es mit seinen Überzeugungen vereinbaren konnte. Denn in dieser Nacht stahl sie das erste Mal einem Menschen seine Seele. Erst danach wusste sie das volle Ausmaß zu begreifen, welches ihr Handeln bedeutete.

Wenn es nicht eine der größten Sünden wäre, dann hätte sie sich in dieser Nacht selbst das Leben genommen. Doch Halius stand an ihrer Seite wie ein Fels. Sie wusste von seinem Schmerz, welcher von diesem Ereignis in ihm ausgelöst wurde. Aber er begrub ihn, war für sie da und versuchte die Gedanken und Emotionen in ihrem Kopf und Herzen zu ordnen.

»Warum muss ich diesen Weg bestreiten? Warum bin ich in den Augen des Glaubens ein Monster, wenn ich doch keine andere Wahl habe?«, fragte sie ihn damals. Er konnte ihr keine Antwort darauf geben.

In den Jahren danach war sie in der Lage, mit anderen Techniken ihre Begierde zu stillen, auch wenn es ihr nicht die Befriedigung verschaffte, die sie sich ersehnte und die sie gleichzeitig so sehr ängstigte. Und dann war da nur noch Halius. Die Person, der sie sich verbunden fühlte und die nie von ihrer Seite wich, obwohl es schmerzte. Vielleicht war er verdammt oder würde es werden. Ezya wusste es nicht. Sie nahm ihr Schicksal so, wie es war.

Eine Treppe führte in das Erdgeschoss des Hauses. Es war groß und in der Lage, viele Gäste zu beherbergen. Imposante Kronleuchter hingen in regelmäßigen Abständen an der hohen Holzdecke, deren Balken mit aufwendigen Verzierungen versehen waren. Es stand im strengen Kontrast zur Spelunke, in der Halius und sie vor Kurzem genächtigt hatten.

Unten angekommen befand Ezya sich hinter einem langen Tresen. Die Frau von eben spülte Krüge und ein Mann mit schwarzem Vollbart rollte gerade ein Fass an die Wand. Er sah auf und näherte sich, blieb nah bei ihr stehen und drückte sie unerwartet kräftig an sich. Dann gab er ihr einen Kuss auf die Stirn. »Schön, dass du schon hier bist! Ich weiß, die letzte Nacht war anstrengend, aber du siehst es ja. Das Geschäft läuft so gut wie nie.« Er machte eine ausladende Geste durch den Schankraum.

Ihrer Erinnerung nach, sagte die ältere Frau, es wäre Mittag. Viele Tische waren jedoch bereits besetzt. Oft waren es Männer. Ezya kannte ihre Uniformen. Kettenhemden, über denen ein weißer Wappenrock getragen wurde. Auf ihm die Ikone des Glaubens. Der Gral, flankiert mit zwei Flügeln. Das waren Soldaten des Glaubens.

»Du weißt, was zu tun ist, Vialla«, sagte der Bärtige und wandte sich wieder von ihr ab.

»Um ehrlich zu sein, bin ich noch nicht ganz wach. Wo soll ich anfangen?«, fragte Ezya vorsichtig.

Sie hatte keine Ahnung, was ihre Aufgabe war. Sie musste unauffällig bleiben und keinen Verdacht erregen. Der Sturz in ihrem Schlafgemach war schmerzhaft gewesen. Ein anderer Schmerz, den sie aus den Gedanken und Erinnerungen von Halius kannte. Er war intensiver und ließ die junge Dämonin darauf schließen, dass es klüger war, Konflikten aus dem Weg zu gehen. Was geschah, wenn sie hier getötet werden würde? Solch einer Situation hatte sie noch nie gegenübergestanden.

Ein Tod in der realen Welt war genauso rätselhaft wie hier. Durch das Mal war sie an Halius gebunden. Er beteuerte, dass er keine Informationen über die Entstehung und seinen Nutzen hatte. Und es war auch nicht absehbar, was geschah, wenn einer von ihnen das Leben verlor. Konnte ein Ritter des Glaubens überhaupt sterben? Sie war immer davon ausgegangen, dass sie dann zurückgeschickt werden würden. Und sie? Was würde dann mit ihr geschehen?

Die Mutter der Frau, die sie nun verkörperte, reichte ihr ein hölzernes Tablett und deutete auf einen der Tische im Schankraum. Abräumen, das hatte Ezya verstanden. Sie fühlte sich hier zwar so fremd wie noch nie, war aber nicht auf den Kopf gefallen.

Sie machte ihre Runde und räumte das Geschirr von den Tischen ab. Die meisten Soldaten waren freundlich zu ihr, nickten ihr dankend zu oder steckten ihr sogar hin und wieder eine Münze in die Schürze. Sie fühlte sich fremd. Nicht aufgrund der Umgebung, sondern ihrer Gefühle wegen. Sie hätte jede Berührung eines Mannes mit offenen Armen empfangen, aber hier war es ihr fast unangenehm. Entweder hatte die Person, in der sie steckte, Einfluss auf sie oder sie entdeckte gerade eine neue Seite an sich, die sie verunsicherte.

Wie konnte eine Erinnerung Einfluss auf sie nehmen? Und dazu noch so komplex und facettenreich? Ihr war fast so, als ob das gar keine Erinnerung war, oder Halius kannte die Frau auf eine Weise, die alles überstieg, was sie sich vorstellen konnte.

An einem Tisch saßen zwei Männer. Ein auffällig breitschultriger Typ mit rotem Vollbart und strähnigen Haaren. Er sah auf und ein Lächeln zeichnete sich auf seinem Gesicht ab. »Die Dame der Stunde kommt zu uns. Setz dich!«

Ezyas Herz machte einen Sprung. War es klug, mit anderen Personen zu interagieren? Was, wenn sie diese Vialla kannten und sie sich aufgrund ihres Verhaltens verdächtig machte?

»Ich habe noch viel zu tun und ich will meine Mutter nicht verärgern«, antwortete sie zurückhaltend.

Der Mann grinste, sah sich über die Schulter und taxierte Viallas Mutter. Diese schien irgendetwas zu verstehen und nickte nur stumm in ihre Richtung.

»Keine Sorge, ich habe bereits mit deiner Mutter gesprochen. Aber ich finde es vorbildlich, dass sie dir die Entscheidung überlässt. Du bist erwachsen und musst deinen eigenen Weg wählen.« Er wies mit seiner Hand auf den Stuhl, der an der Stirnseite seines Tisches stand. Ezya folgte der Geste und setzte sich. Das volle Tablett stellte sie vor sich auf die Holzplatte.

Sie versuchte einen Hinweis auf die Intention des Mannes zu bekommen, indem sie ihm tief in die Augen sah. Er lehnte sich vor und sprach mit gedämpfter Stimme, als ob er etwas zu verbergen hätte. »Es geht mich eigentlich nichts an, aber Halius ist unser Kommandant. Ihr beide kennt euch nun schon eine ganze Weile. Versteh das, was ich dich jetzt frage, bitte nicht falsch.« Etwas verunsichert blickte er zu seinem Kameraden, der ihn anscheinend mit einem Nicken motivieren wollte weiterzusprechen. »Aber du wirktest nicht abgeneigt von seiner Person. Haben wir das richtig interpretiert?«

Ezya schnaufte und blieb kerzengerade auf ihrem Stuhl sitzen. Was sollte sie sagen?

Der Rotbärtige hob beschwichtigend eine Hand an. »Du kannst dir bestimmt vorstellen, wie schwer die Last ist, die auf den Schultern von Halius lastet. Uns ist einfach aufgefallen, dass er, seitdem er dich hier getroffen hat und ihr miteinander spracht, wie ausgewechselt ist. Du weißt, was der Dienst für den Glauben mit einem Mann macht. Dein Vater hat gedient.«

Er sprach nicht weiter und sein Kamerad ergriff daraufhin das Wort. »Wir werden heute Abend mit Halius und ein paar anderen hier sein. Halius ist ein knallharter Befehlshaber. Aber du scheinst bei ihm einen wunden Punkt getroffen zu haben. Bitte, sag ihm das nicht! Er würde uns köpfen lassen, im wahrsten Sinne des Wortes. Aber er ist unser Freund und seit dem letzten Schlachtzug hat er sich verändert. Er zieht sich zurück von uns, bleibt schweigsam und melancholisch. Aber du machst das alles ungeschehen. Du weckst das Gute in ihm.«

»Ihr wünscht, dass ich den Beischlaf mit ihm vollziehe?«, fragte Ezya daraufhin.

Die beiden Männer starrten sie mit aufgerissenen Augen an. Die Lippen des Rotbärtigen zuckten unentwegt auf und ab. Dann löste sich sein Kamerad aus der Erstarrung. »Nein, nein, beim Glauben meiner Großmutter! Das meinten wir doch gar nicht!«

»Warum nicht? Das würde Halius wahrscheinlich auch helfen«, lachte der Rote und hielt sich die Hand vor den Mund, was sein Kichern abdämpfte.

Sein Nebenmann rammte ihm den Ellenbogen in die Seite. »Ungehobelter Idiot! Wenn das ihre Eltern mitbekommen, dann haben wir Hausverbot für den Rest unseres Lebens.« Er sah wieder zu Ezya. »Nein, wir bitten dich diesen Abend einfach nur an unseren Tisch. Etwas Exklusives. Wir zahlen dir einen Bonus. Die Truppe hat gesammelt, also nicht alle, aber wir, als engste Freunde von Halius. Verstehst du? Er liegt uns am Herzen. Wenn unser Anführer sich dem Trübsinn hingibt, dann gefährdet er irgendwann den ganzen Zug. Es ist also eine Art Rettungsmission. Das hört sich doch schon ganz anders an, oder?«

»In Ordnung. Ich spreche mit meiner Mutter darüber«, antwortete Ezya und zauberte dadurch ein breites Grinsen auf die Gesichter der Männer. »Ich muss jetzt weiterarbeiten. Wir sehen uns heute Abend.«

Die beiden nickten und erhoben sich höflich, als die junge Dämonin vom Tisch aufstand.

Zurück am Tresen räumte sie das Geschirr vom Tablett ab. Sie konnte die Person hinter ihr förmlich spüren, obwohl sie nicht in ihrem Sichtfeld war. »Ich habe mitbekommen, dass du mit den beiden Soldaten gesprochen hast«, sagte Viallas Mutter leise.

Ezya drehte sich verunsichert um, sah jedoch nur ein Lächeln im Gesicht der älteren Frau. »Mach dir keine Gedanken! Dein Vater wird nichts merken. Ich erzähle ihm, die Führungsriege des Regiments verlangte nach einer persönlichen Bedienung. Und da du gestern und die Tage davor so fleißig warst, wird er dir die Auszeit gönnen, davon bin ich überzeugt. Behalte die Münzen für dich, du hast sie dir verdient.« Nach diesen Worten wandte sich die Frau ab und stellte einen geflochtenen Korb auf den Tisch.

Ezya sah sie erwartungsvoll an.

»Geh jetzt auf den Markt und besorge Fisch und Kohl! Die Soldaten fressen uns die Haare vom Kopf und der Koch jammert schon. Hier ist Geld, damit solltest du auskommen«, wies die Wirtin ihre Tochter an. Ezya nickte.

Einen Moment blieb Ezya stehen und legte den Kopf in den Nacken. Die Sonne schien ihr ins Gesicht. Solch eine Wärme hatte sie noch nie gespürt. Das Licht brannte förmlich auf ihrer Haut.

Die Siedlung oder besser gesagt Festung, in deren Inneren sich das Gebäude der Taverne befand, war voller Menschen. Sie gingen alle ihren Geschäften nach und Ezya sah in ihren Gesichtern eine Leichtigkeit, ganz anders als in der Welt, in der sie aufgewachsen war. Was musste geschehen sein, damit eine derart bedrückende Trostlosigkeit Einzug gehalten hatte?

Mit schwingender Hüfte schlenderte sie die Straße entlang. Sie musste gar nicht lange suchen, bis die ersten Marktstände in Sicht waren. Es schien sie überall zu geben. Kleider, Fleisch und Schmuck wurden feilgeboten und Ezya erwischte sich mehr als einmal dabei stehenzubleiben, um dann weiter zu flanieren.

Was hatte die Mutter von Vialla gesagt? Sie sollte Kohl und Fisch kaufen. Momentan verspürte sie tatsächlich den Drang, dieses Schauspiel noch ein wenig fortzuführen. Es war schön hier. So ganz anders als in der Welt dort draußen. Sie hatte Zeit.

Auf dem Weg zu einem weiteren Verkaufsstand sprach sie plötzlich ein Mann an. Er lehnte an einer der hellbraunen Mauern und hatte die Kapuze seines Umhangs über den Kopf gezogen, sodass sie sein Gesicht nicht sehen konnte.

»Wohin des Weges, so schnell?«, sagte er.

Daraufhin sah Ezya sah ihn misstrauisch an. Seine Stimme kam ihr vertraut vor.

Er trat einen Schritt auf sie zu und streifte die Kopfbedeckung ab.

»Halius«, stellte Ezya fest.

Doch er wirkte verändert. Es war nicht nur das Alter, denn er war jetzt viele Jahre jünger. Sein Gesicht war glatt rasiert und Ezya vermisste die kurze Narbe auf seiner Nase. Sein Auftreten war eine Gewalt, die das Herz der jungen Frau schneller schlagen ließ.

»Ich habe dich schon gesucht«, sagte Ezya, ohne nachzudenken.

Halius lächelte. »Hast du das? Wie komme ich zu der Ehre?«

Ezya biss sich auf die Lippe. Eine mahnende Stimme in ihrem Kopf sagte, sie sollte sich konzentrieren und aufpassen.

Der hochgewachsene Soldat hielt ihr die Hand hin. Es dauerte einen Wimpernschlag, bis sie begriff, was er wollte. Sie rang sich ein Lächeln ab und überreichte ihm ihren Korb. Dann nahm er ihre Hand und hakte sie sich unter. Gemeinsam schritten sie weiter.

»Ist das angebracht? Wenn wir beide gesehen werden«, sagte Ezya.

Halius kicherte. »Was soll schon passieren? Ich begleite eine Dame beim Einkauf. Da ist doch nichts dabei. Oder glaubst du, dein Vater würde seine Hand gegen einen Offizier des Regiments erheben?«

»Um ehrlich zu sein, weiß ich nicht, wie er reagieren würde«, gestand die junge Dämonin.

»Mache dir keine Sorgen! Er ist beschäftigt und solange du nicht Stunden auf dem Markt verbringst, wird er nicht misstrauisch werden.« Er blieb stehen und wandte sich Ezya zu. »Aber wenn es deinem Gewissen Ruhe verschaffen sollte, dann kann ich auch hier und jetzt um deine Hand anhalten. Dann können wir offiziell als Paar durch die Straßen der Festung wandern.«

»W-was?«, stotterte Ezya.

Halius lachte und wurde dann wieder ernst. »Höre ich aus deinen Worten eine gewisse Scheu?«

»N-nein. Es kommt nur etwas überraschend«, erwiderte Ezya.

»Mach dir keine Gedanken! Wenn ich um deine Hand anhalte, dann werde ich es dir vorher nicht sagen. Du hast es mir klar und deutlich erklärt. Eine Frau wie du wünscht sich eine gewisse Prise Romantik. Ich vergesse so etwas nicht.«

Ezya lachte. »Das aus Eurem Munde. Damit hätte ich nicht gerechnet.«

Halius sah seine Begleiterin mit einer Mischung aus Überraschung und Neugier an. »Auf einmal so förmlich, wie? Aber sei dem so, werte Dame. Lasst mich Euch über den Markt begleiten. Seht Ihr die Gestalten dort vorn? Sehen sie nicht zwielichtig aus? Ein wenig Schutz könnte Euch nicht schaden.«

Er deutete auf zwei Soldaten, die Haltung annahmen, als sie Halius erblickten. Der Offizier lächelte und die beiden Männer schienen Ezyas Eindruck nach verstanden zu haben, dass er sie neckte.

Es war ungewohnt, ihren Begleiter mit so heiterem Gemüt zu begegnen. Er war sonst so ernst, erwachsen, aber auf seine Weise überaus fürsorglich. Was war nur mit ihm geschehen, dass er sich so verändert hatte? In seinen Träumen, wenn das hier einer war, gab es noch einen anderen Halius. Einen Mann, der das Leben schätzte. Der die Liebe suchte.

Sie hatte alle Zeit der Welt, doch an diesem Nachmittag war sie zu kurz. Auch wenn seine Zuneigung nicht Ezya galt, sondern Vialla, der Frau in Halius' Träumen, fühlte sich die junge Dämonin glücklich. Wohin führte das alles hier? War es noch wichtig? Sie war ihrem Glück so nah wie noch nie in ihrem Leben und auch wenn sie sich selbst belog, wollte sie es nie enden lassen. Sie konnte es auch nicht. Etwas fehlte, vielleicht ein Ereignis, welches diese Vision beendete. Sie konnte nur abwarten.

Nachdem sie auf dem Markt alle nötigen Einkäufe erledigt hatte, kehrte sie mit Halius zurück zur Taverne. Er verabschiedete sich ohne Kuss, den sie sich von ihm erhofft hatte. Aber das war nur verständlich, denn seine Kameraden warteten bereits auf ihn. Der Rotbärtige zwinkerte ihr schelmisch zu. Sie verstand, was er sagen wollte.

Der weitere Tag verlief im Gegensatz zum Marktbesuch recht gleichförmig. Sie bekam etwas zu essen aus der Küche, bediente einige Gäste bis es Abend wurde.

»Du solltest dich in deiner Kammer etwas frisch machen. Ich habe dir in der Zeit, in der du fort warst, ein Kleid herausgesucht. Ziehe es an und kämme deine Haare«, sagte Viallas Mutter mit gedämpfter Stimme.

Ezya nickte gehorsam. Sie war dankbar für die Pause und sie fühlte sich schmutzig. Auf dem Weg in das obere Stockwerk nahm sie sich eine Schüssel Wasser mit, die sie auf eine Kommode hinter dem Paravent stellte. Wahrscheinlich war diese ohnehin dafür gedacht, denn in einer Schublade des Möbelstücks fand sie Tücher zum Abtrocknen. Sie legte ihre Tracht ab und wusch sich ausgiebig. Im Spiegel blickte sie die Frau namens Vialla an. »Wer bist du? Eine vergangene Liebe? Eine Sehnsucht in Halius Geiste, die ihn quält?«, sprach sie, doch die Frau auf der anderen Seite gab ihr keine Antwort.

Sie betrachtete Viallas Körper. Führte die Hand ihr Brustbein hinab. Dort war ein kleiner Leberfleck unter ihrer linken Brust. Es wirkte alles so fremd und doch vertraut. Was tat sie hier? Was sollte sie tun? Wieder drängte sich ihr der Gedanke auf, was geschehen würde, wenn Halius erfuhr, dass sie hier war. Würde er ihr verzeihen oder hätte sie sein Vertrauen dann für immer verloren? Sie vergrub ihr Gesicht in beiden Händen und atmete zitternd ein und aus. Durch einen Spalt zwischen ihren Fingern lugte sie dem Spiegelbild entgegen. Es reagierte wie sie. Machte keine Anstalten, anders zu sein. Vielleicht gab es Vialla gar nicht und sie sah lediglich das Bild, welches Halius von ihr hatte.

Mit einem Ruck löste sie sich von ihrem Abbild und nahm sich das Kleid, welches die Mutter der jungen Frau auf ihr Bett gelegt hatte. Es war einfach, aber es war für besondere Anlässe vorgesehen. Feine Rüschen umwoben das Dekolleté. Es war weiter ausgeschnitten, als Ezya erwartet hatte, und trug sich angenehm. Sie schlüpfte in passende Schuhe und machte sich daran, in den Schankraum zurückzukehren.

Der Abend zog die Gäste in das Innere der Taverne. Von überallher vernahm Ezya Gespräche und ausgelassenes Gelächter. Ein Barde hatte mit seiner weiblichen Begleitung in einer Ecke des Schankraums Platz genommen und klimperte auf einer Laute. Das Licht der Kerzenleuchter an der Decke blendete die junge Frau fast. Das alles machte einen so unwirklichen Eindruck.

»Vialla, bring die Getränke an den Tisch der Offiziere! Sie haben schon nach dir gefragt«, sprach Viallas Vater sie an und stellte ein Tablett mit einigen Krügen auf den Tresen. »Komm zu mir, mein Schatz!«

Ezya folgte der Anweisung des Mannes. Er kramte kurz in seiner Hosentasche herum und holte einen Gegenstand hervor.

»Hier, ich habe etwas für dich, was den Offizieren imponieren wird.« Er lächelte und hielt eine goldene Kette hoch. An ihr war ein heiliges Siegel angebracht. So eines trug auch Halius. Er hatte es niemals abgenommen. Ezya war davon ausgegangen, dass es sich um ein Symbol der Ritter des Glaubens handelte.

Sie neigte den Kopf und der Mann legte das Schmuckstück um ihren Hals.

»Es ist wunderschön. Ein Symbol des Glaubens?«, sagte Ezya.

Viallas Vater nickte. »Ein Artefakt aus dem Krieg. Ich habe es als Belohnung für meine Dienste von einem Ritter erhalten. Es ist mein wertvollster Besitz. Nun, neben dir, wohlgemerkt.«

Ezya lächelte. Sie wusste, was solch eine Geste zu bedeuten hatte, auch wenn sie sie noch nie selbst erhalten hatte. »Danke, Vater. Es ist wunderschön.« Die Worte kamen fast wie von selbst aus ihrem Munde und sie klangen in Ezyas Ohren merkwürdig. Doch auf gewisse Weise wurde ihr warm ums Herz.

Viallas Vater umarmte sie und drückte sie an sich. »Dann mal an die Arbeit. Und hab nicht zu viel Spaß dabei.«

Er grinste und strich Ezya mit der Hand über die Wange. Diese machte sich auf den Weg zum Offizierstisch mitsamt dem Tablett.

Das angeregte Gespräch der Männer verstummte, nachdem Ezya an den Tisch getreten war. Sie fühlte sich auf einmal von allen angestarrt und etwas unwohl in ihrer fremden Haut. War sie die Blicke von Männern trotz ihrer Art nicht gewohnt.

Halius räusperte sich und stand von seinem Platz auf. Vorsichtig setzte Ezya die Getränke auf dem Tisch ab. Ihre Hände waren auf einmal wie Objekte, mit denen sie nichts anzufangen verstand und sie nestelte unruhig am Bund ihres Kleides herum.

»Meine Herren!«, sagte Halius streng.

Ein Raunen ging durch die Gruppe und der Rotbärtige, den sie schon heute Morgen getroffen hatte, erhob sich. Nachdem sich seine Kameraden nur fragend ansahen, versetzte er seinem Nachbarn einen Stoß mit dem Ellenbogen. Dieser setzte einen verdutzten Gesichtsausdruck auf, schien jedoch endlich zu verstehen, was zu tun war.

»Ja, richtig«, stammelte ein anderer Offizier und die Männer erhoben sich daraufhin.

Halius machte eine Kopfbewegung und sah zum Rotbart. Dieser nickte, verließ seinen Platz auf der Sitzbank und nahm einen Stuhl vom benachbarten Tisch.

»Für die Dame. Er ist bequemer als die Bank«, sagte er zuvorkommend und schob den Stuhl unter Ezyas Gesäß.

Ezya hob ihre Brauen und lehnte sich zurück. Wie sollte sie jetzt reagieren? Gab es ein Richtig oder Falsch? Was würde Vialla sagen oder war das völlig gleichgültig und dieser Traum passte sich an ihr Verhalten an?

»Vielen Dank, die Herren. So viel Benehmen habe ich gar nicht von den Offizieren des Regiments erwartet«, kommentierte sie die Situation mit klopfendem Herzen. Sie versuchte so gelassen wie möglich zu klingen.

Die Männer brachen in schallendes Gelächter aus und setzten sich wieder, nachdem Halius den Anfang gemacht hatte.

»Ich mag deinen Humor, Kleine. Halius kann ein paar Seitenhiebe von einer Frau gut gebrauchen. Wirkt er doch in letzter Zeit ein wenig steif!«, sagte der Rotbärtige und seine Kameraden lachten wieder.

Halius nickte grinsend. Seinem Gesichtsausdruck zufolge nahm er die Scherze seines Kameraden nicht übel. Ezya schätzte, die beiden kannten sich schon sehr lange. Sie verbanden gemeinsame Erlebnisse, der Krieg und so einige Entbehrungen.

»So wie ich ihn kenne, hat Wellor einen komplizierten Plan ausgeheckt, damit du dich zu uns an den Tisch setzt«, sagte Halius und sah dabei sein Gegenüber an.

Wellor warf Ezya einen verschwörerischen Blick zu. Sie würde nichts verraten. Dann entspannte sich der Soldat sichtlich und antwortete mit einem ausgedehnten Nicken. »Sagen wir mal so, wir haben ein wenig nachgeholfen. Wir dachten, eine persönliche Bedienung würde dich auf bessere Gedanken bringen.«

Die Männer lachten wieder und sahen Halius abschätzend an. Dieser Schlagabtausch der beiden glich einem Ringkampf, fand Ezya. Die subtile Betonung auf dem Wort »Bedienung« war ihr nicht entgangen. Fragte sich nur, wen sie hier eigentlich bedienen sollte und wie.

»Wie lange wisst ihr es bereits? Und warum habt ihr nichts gesagt?« Halius griff sich einen der Krüge.

Wellor hob eine Handfläche in die Höhe und zog seine Schultern an. Dabei sah er schelmisch in die Runde. »Also ich glaube, wir wissen es schon seit dem letzten Auszug des Regiments.« Daraufhin nahm er sich ebenfalls einen Krug und reichte ihn weiter in die Runde. Den letzten verbleibenden stellte er Ezya vor die Nase.

Halius nippte an seinem Getränk. »Und ihr habt euch alle gedacht, es sei besser, das Thema totzuschweigen, als offen damit umzugehen?«

Die Männer legten an und nahmen alle einen mehr oder minder großen Schluck aus den Krügen. Nur Ezya wartete und beobachtete das Schauspiel voller Neugier. Solch einer Unterhaltung hatte sie nur selten beigewohnt. Die Menschen, denen sie begegnet waren, vermieden es, neue Bekanntschaften zu schließen. Vielleicht war es auch eher Halius gewesen, der es vermied. Sie war sich nicht sicher.

Wellor lehnte sich zu Ezya und sah ihr in die Augen. In seiner Stimme schwang plötzlich eine Ernsthaftigkeit mit, die Ezya aufhorchen ließ. »Du tust ihm gut, Vialla. Und das ist keiner meiner Sprüche. Ich meine es ernst.« Er sah wieder in Halius' Richtung. »Ich weiß, du könntest uns alle wegen unserer Insubordination bestrafen, aber du hast dich immer um die Männer unter deinem Kommando gekümmert. Und genauso sehen wir auch unsere Aufgabe darin, uns um unseren Kommandanten zu sorgen. Von deinen Entscheidungen hängt schließlich unser Leben ab.«

Halius hob seinen Krug. »Ihr seid ein verdammter Sauhaufen, wenn ich das mal so anmerken darf. Spannt eine unschuldige Maid in eure Pläne ein. Schande über euch!« Daraufhin hoben die Männer am Tisch ebenfalls ihre Getränke. Sie sahen plötzlich alle in Ezyas Richtung.

Mit ein wenig Verzögerung verstand sie und griff nach dem Henkel ihres Kruges. »Auf Halius!«, prostete sie.

»Hört, hört!«, rief einer der Männer und alle tranken.

Nach einigen ausschweifenden Erzählungen, denen Ezya nur schwer folgen konnte, brachte Viallas Mutter das Essen, Schweinebraten mit Kartoffeln und Weißkohl. Die junge Dämonin stand von ihrem Platz auf, bestand doch ihre Aufgabe eigentlich darin, die Männer zu bedienen.

»Bleib hier. Es ist alles gut«, sagte die Wirtin mit den strengen Gesichtszügen und lächelte Ezya an. »Ich hoffe, die Herren und die Dame haben ihren Spaß!«

»Die Gesellschaft einer schönen Dame versüßt uns den Abend«, sagte einer der Männer.

Die Soldaten hoben wieder ihre Krüge, so würde es noch den ganzen Abend weitergehen, dachte Ezya fasziniert. Diese Leichtigkeit war so belebend. Es war ihr fast so, als ob sie ihr gesamtes Leben blind gewesen war und jetzt endlich sehen konnte. Es war wie ein Licht, welches ihr von hinten über die Schulter schien und durch das sie, nach all der Zeit, einen dunklen Tunnel verlassen konnte. Sie aßen, sie tranken, sie lachten. Halius ergriff mehr als einmal ihre Hand und hielt sie unter der Tischplatte fest. Ihre Blicke trafen sich und sie konnte verstehen, was in ihm vorging. Seine Augen, so tief und rein. Sie blickte in seine Seele an diesem Abend und sie konnte an nichts anderes denken als an ihn.

»Hat er dir erzählt, wie er zu seinem Schlachtnamen gekommen ist?«, fragte Wellor an Ezya gewandt.

Sie schüttelte den Kopf. Was meinte er?

»Vor vielen Sommern waren wir einmal getrennt von unserem Zug. Halius und ich kämpften uns mit ein paar weiteren Männern durch das feindliche Gebiet. Wir rasteten, hatten aber keinen Proviant und uns knurrten die Mägen. Weit und breit gab es kein Wild. Nicht mal irgendwelche Pflanzen, die nicht giftig waren. Und da macht sich der Haudegen allein auf den Weg. Wir alle hielten ihn für verrückt, er würde es nicht lebend zurückschaffen. Dann, Stunden später, ich war schon fast eingeschlafen, da gab die Wache Alarm. Eine dunkle Gestalt näherte sich unserem Lager. Von oben bis unten mit Blut besudelt. Ich hätte ihn fast nicht wiedererkannt, den Halius. Und über seiner Schulter schleppte er einen toten Wolf. Einen Wolf, stell dir das mal vor! Er wurde von dem Vieh gebissen, aber er hatte es getötet. Das Tier und er waren so mit Blut besudelt, dass er es nach Wochen immer noch im Haar hatte. Das Fleisch war scheußlich und das Fell hat er behalten. Rot gefärbt von seinem eigenen Blut und das des Tiers. Er trägt es in der Schlacht. Den *Roten Wolf* nennen wir ihn.«

Ezya sah zu Halius neben sich. »Das hast du mir nie erzählt.«

Der Blick ihres Begleiters war gesenkt. »Es war unpassend, dir gegenüber so etwas zu erwähnen.«

Ezya griff nach Halius' Hand. »Roter Wolf. Ich werde den Namen in meinem Herzen tragen, wenn du es gestattest.«

Halius nickte und sein Antlitz lichtete sich wieder. Dann sah er plötzlich auf. »Hörst du? Komm mit!«

Er sprang auf und zog Ezya mit sich. Was hatte er vor? Die Männer klatschten im Takte der Musik. Der Barde hatte ein neues Lied angestimmt und es waren bereits einige der Gäste und Soldaten mit ihren weiblichen Begleitungen auf die freie Fläche vor den Musiker getreten.

»Was? Ich kann nicht tanzen, Halius!«

»Keine Sorge. Ich führe und du folgst meinen Schritten. Es ist ganz einfach.«

Der hochgewachsene Mann umfasste Ezyas Hüfte. Sie legte ihre Hand in die seine. Ihre Körper berührten sich und seine Bewegungen gingen weich im Takte der Musik.

Her impression in his eyes
It comes over with surprise
Who she was how he should know
Do she was sensed by his mental flow
When this feeling is near and so far

A bard's singing on a tavern show
Playing rhyms with voice and his phrase
Get the feeling that run in flow'
He's playing for you on the tavern show

Mit Schwung drehten sie sich. Ihre Bewegungen waren eins, ohne Ezyas Zutun. Sie verlor sich vollkommen in seinen Augen, seinem Lächeln. Sie spürte seine warme Hand im Rücken und seinen Körper an dem ihren.

And so there will be the love along
It leans to a all year music on
In the night they're drifting into love
Feeling their body in the summer glow
In tune with the sounds as so far

A bard's singing on a tavern show
Playing rhyms with voice and his phrase
Get the feeling that run in flow'
He's playing for you on the tavern show

Er näherte sich ihr. Nur leicht, kaum wahrnehmbar, aber Ezya ließ ihn gewähren. Auf ihrer Haut fühlte sie seinen Atem. Sog seinen Duft in ihre Lunge. Es gab nur noch ihn. Keine Taverne, keine Gäste, nur noch Halius und sie, die von der Musik durch den Raum geführt wurden.

It's time to say goodbye
And let her lead her own seperate live
But where he was where can she go
Listening alone to the tavern show
So she turn to the sounds near and far

A bard's singing on a tavern show
Playing rhyms with voice and his phrase
A bard's singing on a tavern show
And he's drowning the sound of her tears
He's playing for you on the tavern show

Er berührte ihre Lippen, ein zaghafter Kuss. Sie erwiderte. Ihr Zeitgefühl schmolz dahin und der restliche Abend verlief wie in einem Traum. Wie Farben, die sich miteinander verbanden und neue bildeten. Strukturlos und dennoch warm. Sie fühlte sich das erste Mal vollständig, wie ein Mensch, der es verdient hatte zu leben und vor allem zu lieben.

Das Zimmer, welches sie betraten, roch nach ihm. Vialla war offensichtlich schon einmal hier gewesen, denn Halius forderte sie auf, vorauszugehen. Um ihre Unwissenheit zu kaschieren, ergriff Ezya seine Hand und lehnte sich an ihn, sodass sie seinen Bewegungen folgen konnte. Ihm blieb ihre Verschleierungstaktik unbemerkt. Zumindest stellte er keine Fragen diesbezüglich. Sie hatte einiges getrunken, doch der Alkohol entfaltete nicht die erwartete Wirkung. Lag es an dieser Vision und war nicht vorgesehen? Das würde wahrscheinlich immer ein Rätsel bleiben.

Halius' Quartier befand sich in den Offiziersunterkünften. Zu dieser Stunde schliefen die meisten Soldaten bereits und sie konnten ungesehen das Gebäude betreten. Frauen war der Einlass verboten, doch Halius hatte seiner Aussage nach keine Konsequenzen zu befürchten. Seine Männer würden alle den Mund halten. Außerdem war er derjenige, der Disziplinarmaßnahmen durchsetzte.

Er hatte sie mit einer Überraschung gelockt. Ezya war von Anfang an klar gewesen, worauf es hinauslaufen würde, aber ob das Vialla auch so klar gewesen war, das konnte sie nur raten. Womöglich war das keine echte Erinnerung, sondern etwas ganz anderes. Und das bereitete ihr auf gewisse Weise Sorge, denn heute war sie es, die der

Verführung ausgeliefert war. Eine Situation, die sie so bisher nicht erlebt hatte. Als Buhlteufelin war ihre Rolle klar definiert. Zumindest behaupteten das die Schriften über Dämonologie, die ihr Halius zum Lesen gegeben hatte. In einem Traum oder einer Erinnerung sollte der Abschluss einer Vereinigung keine Folgen haben, wenn man die körperliche Reaktion nicht mitwertete. Konnte sie überhaupt die Seele eines Ritters des Glaubens aufzehren? Er war kein Mensch im eigentlichen Sinne, sondern ein Wesen von höherer Geburt und Macht. Das stand geschrieben und es gab für sie keinen Grund, daran zu zweifeln.

Wie erwartet war der Raum spärlich eingerichtet. Ein schmales Bett, welches kaum Platz für zwei Personen bot, stand an einer Wand. Auf einem Tisch lagen Papiere und Ezya konnte einige Utensilien zum Schreiben erkennen. Sie hob den Leuchter mit drei Kerzen ein Stück höher. Neben der Zimmertür stand ein Schrank, in dem Halius aller Wahrscheinlichkeit nach seine Kleider hängen hatte.

Das Geräusch eines Feuersteins war zu hören und dann erhellte ein weiteres Licht den Raum. Halius entzündete noch eine Lampe, die an der Wand befestigt war und nahm Ezya dann ihr Licht ab, löschte es und stellte den Leuchter auf den Tisch.

Im Dämmerschein flackerten tiefe Schatten in seinem Gesicht. Er deutete mit der Hand in Richtung Fenster. Ezya sah ihn einen Moment lang an und folgte dann seiner Geste. Auf dem Fenstersims stand eine Schale und als sie sich näherte, erkannte sie Beeren in ihr. Sie sah ihn fragend an.

»Jetzt erzähle mir nicht, du magst auf einmal keine Himbeeren mehr«, sagte er und hob misstrauisch eine Braue.

Ezya nahm sich eine Frucht und roch daran. »N-natürlich mag ich Himbeeren. Woher hast du sie?« Sie musste unbedingt das Thema wechseln. Sie mochte Himbeeren, aber offensichtlich hatten sie für Vialla eine größere Bedeutung.

»Ich habe sie in der Nähe des Waldes entdeckt und gepflückt. Du erzähltest mir davon, wie sehr du sie magst. Auf dem Markt herrscht kaum ein Angebot und wenn, dann ist es unverschämt teuer.«

»Du glaubst also, mich mit ein paar Beeren verführen zu können?«, fragte Ezya in spielerischem Tonfall. Sie erinnerte sich daran, für Halius nach Beeren gerochen zu haben. Das alles konnte aber auch nur ein Zufall gewesen sein.

Halius setzte einen unschuldigen Gesichtsausdruck auf und näherte sich. »Wie kommst du darauf, ein ehrenhafter Offizier wie ich würde es wagen, eine so bezaubernde Dame wie dich in eine so indiskrete Situation zu bringen.«

Ezya steckte sich die Beere in den Mund. »Dann hast du mich wirklich nur auf dein Quartier geschmuggelt, damit du mich mit deinen Fähigkeiten als Jäger und Sammler beeindrucken kannst?«

»Bist du denn beeindruckt?«

Sie hob den Kopf und sah Halius in die Augen. Er stand genau vor ihr. Seine Hände legten sich sanft an ihre Oberarme. Ihre Zunge strich über ihre Lippen. »Ich bin schon seit unserem Tanz von dir beeindruckt.«

Langsam näherte er sich und küsste Ezya auf die Lippen. Sie erwiderte den Kuss und legte ihre Hände an seine Brust. Sie fühlte sich in diesem Moment so wohl wie noch nie in ihrem Leben. Dort war keine Flamme in ihrem Inneren, wie sie sie sonst verspürt hatte. Nur Wärme und

Geborgenheit. Ein Frieden, den sie sich so nicht erklären konnte, obgleich sie höchst erregt war.

Ihre Küsse wurden intensiver. Das Spiel schaukelte sich auf und er drückte sie an sich. Dann ließen sie voneinander ab und standen einander gegenüber wie zwei Kontrahenten, die die Reaktion ihres Gegenübers abwarteten.

Sie befreite eine ihrer Schultern aus ihrem Kleid. Fast gleichzeitig öffnete Halius seine Offiziersjacke und warf sie achtlos auf den Boden. Mit verschränkten Armen hielt Ezya ihr Gewand an ihrem Körper fest und streifte mit zwei gekonnten Bewegungen ihre Schuhe von den Füßen. Ihr Gegenüber hatte bereits sein Hemd geöffnet und zog es von seinen Armen.

Er sah sie an, musterte ihren Körper, wartete. Daraufhin ließ Ezya das Kleid von ihrem Leib gleiten. Sie sah, wie er schluckte, stand sie doch jetzt so vor ihm, wie sie erschaffen worden war. Sein Blick flog über ihre Haut, ihre Rundungen. Sie trat auf ihn zu, legte ihre Lippen wieder auf die seinen. Sie spürte ihren Körper seine Haut berühren. Ein paar geschickte Handbewegungen ließen seine Hosen fallen.

Ezya löste sich wieder von ihm, ging langsam zum Bett und setzte sich. Nachdem Halius sich ein wenig umständlich von seinen Stiefeln und der Hose getrennt hatte, folgte er.

Das Herz der Dämonin schlug wie verrückt, musste sie sich doch zurücknehmen, als er vor ihr stand. Was würde Vialla tun? Eine junge Frau wie sie wäre zurückhaltend, oder nicht? Sie hatte wahrscheinlich wenig Erfahrung und überließ ihm die Führung, wie beim Tanz. Sie schaute zu ihm auf, in der Erwartung, er würde ihr ein Zeichen geben und sie in diesem Liebestanz an die Hand nehmen.

Und tatsächlich beugte er sich zu ihr herab, küsste sie und sie legte sich unweigerlich nach hinten auf das Bett. Es war härter als gedacht, jedoch bequem, empfand sie. Aber selbst ein Nagelbrett hätte sie in diesem Moment nicht von ihrem Weg abgebracht.

Er legte sich über sie und zwischen ihre Schenkel. Seine Lippen wanderten ihren Hals entlang an ihr Ohr. Ein angenehmes Kitzeln entstand und dann ein Prickeln in ihrem Inneren. Es war ein ganz anderes Gefühl, sich Halius hinzugeben. Die Male, die sie in seinem Geiste mit ihm verbracht hatte, war sie es gewesen, die ihn geführt hatte. Immer mit Bedacht und nie eine bestimmte Schwelle überschreitend, die unweigerlich seine Aufmerksamkeit in der realen Welt auf sich gezogen hätte. Aber was würde hier geschehen? Sie befand sich auf einer Straße, die nur in eine Richtung führte.

Ihr Körper empfing den seinen. Mit sanften Bewegungen folgte er den Weg in Richtung ihres Heiligtums. Ein Ziehen in ihren Lenden entstand, wie ein angenehmer Krampf, und wanderte ihr Innerstes hinauf. Sie keuchte, küsste ihn. Ihr Körper bog sich wie eine Sehne, war bis zum Zerreißen gespannt. Mit geschlossenen Augen folgte sie dem Spiel in ihrem Inneren, hörte ihn atmen, zog seinen Duft durch ihre Nase ein.

Wie das Spiel der Musik an diesem Abend, erklomm sie einen Berg, an dessen Zenit unweigerlich der freie Fall drohte. Ein Gefühl, welches sie verschmelzen lassen würde. Seine Bewegungen wurden schneller. Sie weckte die Begierde in ihm. Den Punkt, an dem es kein Zurück mehr gab, würden sie beide in wenigen Augenblicken erreichen.

»Halius, ich …«, keuchte sie. Er musste stoppen!

Doch er hörte sie nicht. Es war wie eine Bestimmung, der sie sich näherte. Wie eine Falle, in die sie getappt war und keinen Ausweg mehr fand. Eine wunderschöne Falle, der sie sich hingeben wollte. Ihr letzter Widerstand, der Rest Vernunft, der noch in ihren Gedanken zu ihr gerufen hatte, verstummte. Sie umklammerte den Ritter, zog ihn an sich, so fest sie konnte, und ließ das Feuer in sich brennen. Eine Flamme, so heiß und ungestüm, bar jeglicher Kontrolle und Vernunft. Ein Gefühl der Einigkeit. Ein Brennen in ihren Lenden, welches langsam durch ihren Körper wanderte.

Sein Rhythmus kam zum Erliegen. Er atmete schwer. In ihrem Leib herrschte wieder Frieden. Ein wohliges Gefühl der Wärme und der Entspannung. Sie ließ ihre Beine sinken, blinzelte und sah zur Decke des Zimmers.

Langsam stemmte sich Halius auf. Er verharrte über ihr, sie konnte seinen Blick regelrecht spüren.

Mit einem Lächeln auf den Lippen sah sie ihm in die Augen. Dort hatte sich etwas verändert. Ein Licht war entfacht, welches sie vorher nicht gesehen hatte.

Er sprach mit dunkler Stimme: »Ezya, du?«

Das Dunkel sich auf dich legt
Kalt und zäh dein Leib bedeckt

Die Hoffnung liegt in weiter Ferne
Genährt aus Lügen deiner Lehre

Lässt erstrahlen ein Licht am trüben Horizont
Doch was bleibt ist Zwietracht, Neid und der Verzicht

Erleuchtung

Funken sprangen durch die Luft und flogen in Richtung des Waldrandes. Das Feuer hatte bereits eine Größe erreicht, die den sicheren Steinkreis, den Halius zu Beginn der Rast gelegt hatte, überschritt. Der dicke Ast, den er in die Flammen geworfen hatte, rollte zur Seite und blieb gefährlich nahe neben Ezyas Körper liegen.

Ein Stück von den Flammen entfernt saß der Ritter im Gras. Er starrte seine Begleiterin unentwegt an. In seinen Händen hielt er die kleine Stoffpuppe, drückte sie nervös mit seinen Fingern. Die Buhlteufelin lag neben seinem Nachtlager. Sie regte sich. Wahrscheinlich spürte sie die Hitze auf ihrem Rücken.

Ezya wich vom Feuer zurück und sah sich um. Nachdem sie Halius entdeckt hatte, stand sie auf und näherte sich langsam. »Halius, was ist?«

Als ob sie die Antwort auf diese Frage nicht längst wüsste. Dort war eine Erkenntnis in seinem Kopf. Er wusste, wo sie waren, was das alles zu bedeuten hatte. Sie hatte es ihm irgendwie offenbart, in seinem Geiste. In dem Moment, als sie zusammen waren und eine Schwelle überschritten hatten. Er empfand eine Wut in sich, die er schlichtweg kaum kontrollieren konnte. Doch es war nicht ihre Schuld, nicht Ezyas. Es war ein Relikt aus seinem früheren Leben, das ihm ein ständiger Begleiter gewesen war. Er sah starr in die Flammen.

Ezya ging vor ihm in die Knie und berührte zögerlich seinen Arm. Er sah auf und in ihren Augen war ein Zittern zu erkennen. Sie wirkte wie ein Kind, welches beim Übertreten der Grenze eines Verbots ertappt worden war. Nur waren die Konsequenzen in diesem Fall sehr viel größer.

»Halius? Ich … Es tut mir …«, sprach seine Begleiterin mit zitternder Stimme.

»Wage es nicht!«, zischte er ihr entgegen. Danach gab er ihr einen kräftigen Stoß, wodurch sie nach hinten fiel. Mit einem Satz war er bei ihr und ließ sich mit einem Knie auf ihre Brust fallen. Sie keuchte, starrte ihn aus aufgerissenen Augen an. Er hob die Hand, war im Begriff sie ihr ins Gesicht zu schlagen und hielt inne.

Sein Blick fixierte sie, wurde unstet und er ließ sich auf die Seite fallen. Ein Schluchzen war zu hören und er wandte den Kopf in Richtung seiner Begleiterin.

Ihr Gesicht war verzerrt, Tränen liefen über ihre Wangen und ihre Lippen zitterten unentwegt. Halius konnte die Worte, die sie sprach, kaum verstehen. »Es tut mir leid. Ich wollte nicht … Ich …«, stotterte sie, bis ihre Stimme versagte.

Halius nahm einen tiefen Atemzug, dann griff er nach einer ihrer Hände, ohne sie anzusehen. So verstört hatte er Ezya nicht einmal als Kind erlebt. »Es ist nicht deine Schuld.«

»Ich wollte wissen, was passiert ist. Was das alles in diesem Dorf zu bedeuten hatte. Ich war so verwirrt und als du geschlafen hast …« Sie sprach nicht weiter, aber ihm fiel die Veränderung auf, in der sie ihn ansprach.

»Du hattest nicht das Recht, das zu tun. Und du hattest nicht das Recht, ihren Platz einzunehmen.«

»Ich hatte darauf keinen Einfluss. Ich weiß nicht, was vorgefallen ist. Ich habe keinen Ausweg mehr gefunden«, verteidigte sie sich.

Halius nickte. Er kannte die Wahrheit und ihm war die Intention, die sie gehabt hatte, bewusst. »Das war nicht das erste Mal.«

Er wandte seinen Kopf wieder in Richtung Ezya. Diese hatte einen Teil ihrer Fassung wiedererlangt und starrte ihn mit großen Augen an. »Du weißt es?«

Halius schnaufte. »Ich weiß es schon lange.«

»Was? Warum hast du nichts gesagt?«

Der Ritter lachte. »Und dann? Hätte ich dir den Arsch versohlen sollen, als du noch ein Kind gewesen warst? Oder als heranwachsende Frau? Es war erst wie ein Traum. Eine Ahnung, die ich abgetan habe, da ich wusste, wofür du geschaffen bist. Aber dann häuften sich die Bilder. Unklare Gefühle, die ich nicht einordnen konnte.«

Ezya befreite ihre Hand und hob sie zitternd in Richtung Halius' Gesicht. »Deine Wunde! Sie ist verschwunden. Wie ist das möglich?«

Der Ritter ergriff erneut ihre Hand und legte sie sich auf die Brust. »Das warst du. Ich kann mich erinnern, Ezya. Ich bin noch verwirrt und meine Emotionen fühlen sich an, als ob sie nicht zu mir gehören würden. Aber ich weiß, dass du das warst.«

»Wie?«

»Du hast die Veränderungen nicht bemerkt, nachdem du in der Nacht im Gasthaus bei mir warst? In meinen Erinnerungen? Es hat sich etwas verändert. Vielleicht war es ein letzter Schritt in Richtung deines Ziels«, sagte Halius.

In Ezyas Antlitz zuckte ein Muskel. »Was hat sich verändert? Ich?«

Halius nickte. »Ja, du hast dich verändert. Und ich habe es auch. Es tut mir so leid, dich in dieses Land gebracht zu haben. Du hast dein Leben lang nur diese Hölle gesehen, die ich mir selbst auferlegt habe.«

»Das war deine Familie in dem Haus am Dorfrand. Das war die Gemeinde, in der du aufgewachsen bist.«

Halius nickte, sie verstand es. »Ja, du beginnst zu verstehen. Ich habe es vergessen, es verdrängt. Ich war wie die Bewohner dieses Landes. Blind für die Wahrheit. Ich habe mir meine eigene Welt geschaffen, mich bestraft und mich der Hoffnungslosigkeit hingegeben. Ich habe dich mitgezogen, auch wenn ich zu meiner Verteidigung sagen muss, dass es nicht meine Entscheidung war.«

»Das Mal. Wer hat es erschaffen?«, fragte Ezya.

Halius schüttelte den Kopf. »Ich weiß es noch nicht.«

»War es eine Erinnerung von dir? Wer war Vialla? Du bist ein Ritter des Glaubens. Aber du warst in diesem Traum ein Mensch.«

»Wir alle werden belogen, Ezya. Der Glaube belügt die, die glauben wollen. Und die, die das nicht wollen, die tötet er.«

Im Augenwinkel sah er, wie sich die junge Dämonin aufrichtete und ihn anblickte. »Du hast mich mein Leben lang den Glauben gelehrt. Meine Welt um ihn herum erbaut. Ich kenne nichts anderes.«

»Meine Bürde ist nicht ein Verlust an Glauben. Es ist eine Erkenntnis, Ezya. Eine Erkenntnis, die ich unter meinem Schmerz vergraben habe. Dadurch habe ich nicht nur die Ritter des Glaubens verraten, ich habe meinen Fokus verloren und dunkle Gedanken in mein Innerstes gelassen. Den Weg, den ich hier gehe, ist das Ziel, verstehst du? Es ist ein Pfad der Läuterung. Und diese kann ich nur aus eigener Kraft erlangen. Sie muss aus meinem Inneren kommen und dafür muss ich mit meiner Vergangenheit abschließen und einen neuen Glauben finden.« Er machte eine Pause und fühlte in sich hinein. »Glauben«, wiederholte er, »ein inflationäres Wort, dabei hat es doch nichts mit dem gemein, wonach ich suche.«

»Was ist es?«, fragte Ezya.

Halius sah ihr in die dunklen Augen. »Es ist Wissen. Es ist ein Wissen, welches meinen Glauben an das, was ist, verändern wird. Es ist bereits so nah wie noch nie.«

Ezya senkte auf einmal den Blick. »In den Schriften wird nur ein Glaube für richtig gehalten und es als Sünde verstanden, von ihm abzuweichen. Ich bin innerlich zerrissen, Halius. Und das schon seitdem du mir das Lesen beigebracht hast. Du warst mir Lehrer, Vater und du warst der, vor dem ich am meisten Angst gehabt habe. Ich dachte, ich könnte mich selbst dadurch einigen, indem ich dem folge, was der Glaube mich gelehrt hat. Ich bin ein Monster, Halius. Eine Ausgeburt des Bösen, so steht es geschrieben.« In Ezyas Augen sammelten sich Tränen. Sie schluchzte. »Ich konnte nicht verstehen, warum du dich um so etwas wie mich sorgst. Du musst mich verachten. Für mein Wesen, meine Emotionen und die Begierde, die ich in mir trage.« Auf einmal wurde die Stimme der jungen Frau klar und gefasst. »Das, was die Schriften mich gelehrt haben, zeigte mir nur den Weg der Sünde auf. Ich habe es akzeptiert. Auch um endlich eins mit mir zu sein. Doch dann wurde es kompliziert. Ich wünsche mir mehr, Halius. Ich will nicht töten, um meine Begierde zu stillen. Ich fühle. Ja, ich fühle eine tiefe Verbundenheit. Mit dir, die mir die Schriften des Glaubens nicht erklären können.«

Halius strich mit seiner Hand über ihre Wange. Sie drückte ihren Kopf fest an ihn. »Ich weiß und ich verachte dich nicht. Das habe ich niemals. Ich sehe dich so, wie du wirklich bist. Und da ist keine Sünde in dir, Ezya. Ich sehe nur die Frau, die hier neben mir liegt und der ich mein Leben anvertrauen würde, käme es darauf an. Das, was du getan hast, das ist Teil deines selbst. Und keine Doktrin dieser Welt und einer anderen darf dir das absprechen.«

Er zog Ezya an sich heran und drückte sie an seine Brust. So lagen sie einige Zeit und er hörte ihrem Atem zu, spürte ihre Wärme und roch ihren Duft nach Himbeeren.

»Es ist Zeit, mich dir zu offenbaren, Ezya«, sagte Halius plötzlich und richtete sein Nachtlager wieder her.

»Was heißt das?«, fragte seine Begleiterin, die vor dem nun wieder kleiner gewordenen Feuer stand.

»Du sollst verstehen, was geschehen ist. Dann kannst du das, was du gelernt hast, neu bewerten.«

Der Ritter legte sich auf seine Schlafstätte und faltete die Hände auf seiner Brust. Dann schloss er die Augen. Seine Atmung wurde langsamer. Die Meditation würde ihn schnell und tief in seine Erinnerungen schicken. Er hörte ein Rascheln neben sich, dann einen Körper, der sich an ihn schmiegte und daraufhin die sanfte Berührung von Ezya auf seiner Stirn.

Ein Ton fuhr in ihre Ohren. Er war schrill und es war unmöglich zu identifizieren, worum es sich handelte. Das Geräusch verlor an Höhe und wurde klarer. Ezya sah sich um.

Schreie von Menschen drangen in ihre Ohren. Weinende Frauen und Kinder, Schmerzensschreie und die der Verzweiflung. Sie hob ihren Kopf gen Himmel. Die Sonne blendete und sie kniff unweigerlich die Augen zusammen.

Die Buhlteufelin befand sich auf einem der Innenhöfe der Festung. Sie erinnerte sich an die Marktstände, die alle möglichen Waren feilgeboten hatten. Jetzt brannten sie oder waren verwaist. Überall lagen Früchte und andere Güter auf dem Boden. Menschen rannten über den Platz. In ihren Gesichtern lagen Panik und Schmerz.

Ezya bewegte ihren Kopf hin und her. Sie konnte die Situation noch nicht richtig erfassen. Ihr hellhäutiger Schwanz kräuselte sich wild durch die Luft, wie immer, wenn sie nervös war.

»Wir sind zurück in der Festung! Was ist hier geschehen?«, fragte sie fassungslos.

Halius stand neben ihr und musterte sie.

»Ich habe die Situation falsch eingeschätzt. Das Regiment ist ausgerückt, damit wir unserem Feind folgen konnten. Der Sieg war uns sicher, doch es war eine List, um die Festung einzunehmen«, antwortete der Ritter des Glaubens.

Ezya sah ihn angespannt an und als sie seinem Blick folgte, blickte sie an ihrem unbekleideten Körper hinab. »Wo sind meine Kleider? Hast du …«

Halius lachte. »Bestimmt nicht. Dein Abbild wird von deinem Geiste bestimmt und du scheinst dich in dieser Form am wohlsten zu fühlen. Keine Sorge, die Menschen hier werden dich nicht sehen. Die Ereignisse, die du jetzt erleben wirst, sind vorbestimmt. Ich nehme jedoch an ihnen teil, obwohl ich auch mit dir interagieren kann.«

Sie sah ihren Gegenüber an. Ihr war mulmig zumute, was Halius wohl bemerkte. »Du wirst verstehen.«

Ezya schlang die Arme um die Brust. Halius lachte wieder.

»Was?«, fragte die Dämonin spitz.

»Es hat dich doch sonst nicht gestört, deinen Körper zu zeigen.«

»Die Zeiten ändern sich. Das hast du doch selbst gesagt.«

Sie wusste, dass der lang gezogene Blick von Halius auf ihr Becken und ihre Beine mit Absicht war. Sie formte ihre Augen zu schmalen Schlitzen. Der Ritter wandte sich daraufhin mit einem Grinsen ab und ging vor.

»Das ist der Weg zur Taverne. Was ist mit Vialla? Geht es ihr gut?«, fragte Ezya.

Halius antwortete ihr nicht, denn ein Soldat kam bereits auf ihn zugelaufen. Es war Wellor. Sein Gesicht war rußig und mit Blut verschmiert. Er hielt ein Schwert in der Hand und war ganz außer Atem. »Kommandant, Ihr solltet das nicht sehen. Ich bitte Euch!«

Ezya empfand die Worte des kräftigen Mannes als sonderbar und zu förmlich. Halius ignorierte ihn einfach und ging weiter. Eine grauenhafte Vorahnung stieg in Ezyas Brust empor. Keine Worte oder Taten hätten Halius davon abhalten können, seinen Weg zu gehen. Es war wie ein Schlüsselmoment, der sein Leben verändert hatte und ihn zu einem anderen Mann werden ließ. Sie fühlte das auf sonderbare Weise.

Jetzt fiel ihr auch seine Rüstung ins Auge. Wie Wellor erzählt hatte, war das Wolfsfell, welches er über den Schultern trug, blutrot gefärbt. Ezya folgte ihrem Begleiter schnellen Hufes und betrat die Taverne.

Ihre Augen gewöhnten sich schnell an die Lichtverhältnisse. Im Inneren des Schankraumes herrschte das totale Chaos. Tische und Stühle waren zerstört oder lagen am Boden. Die Körper einiger Gäste saßen zusammengesunken auf ihren Plätzen. Pfeile steckten in ihren Leibern.

Halius schritt weiter in Richtung des Tresens. Dort erkannte Ezya Viallas Vater. Er lehnte an der Arbeitsfläche. In seiner Brust befand sich eine Stichwunde und sein weißes Hemd hatte sich mit Blut vollgesogen. Das Schwert in seiner Rechten hielt er noch immer umklammert, als ob selbst der Tod seinen Kampfeswillen nicht hatte brechen können.

Hinter der Arbeitsfläche lag sie. Langsam trat Halius auf Vialla zu und hockte sich neben ihr auf den Holzboden. Ezya stand vor ihm. Er streckte seine zitternde Hand der Frau entgegen, der er sein Herz versprochen hatte. Sie war tot.

»Du siehst, was mit ihr geschehen ist. Ermordet von Ungläubigen durch mein Versagen! Ich habe mir die Schuld an allem gegeben, Ezya.«

Er strich Vialla über die Wange, beugte sich über sie und nahm ihren Körper in seinen Arm. Dann sah er hoch zu Ezya. Ihre Lippen zitterten. Es schockierte sie mehr, als sie es sich in diesem Moment eingestehen, geschweige denn verstehen konnte.

»Ich war sie. Ich habe das sonderbare Gefühl, dass ich meinen eigenen Tod sehe«, stotterte die Dämonin.

Halius wischte sich eine Träne von der Wange. »Das liegt an der Verbindung, die du mit ihr eingegangen bist.«

»Wer war das? Wer tut das unschuldigen Frauen und Kindern an?« Ezya war auf einmal aufgebracht und voller Zorn.

»Lass dich nicht von deinen Gefühlen leiten! Das war einer der Fehler, die ich begangen habe. Du wirst dich in ihnen verlieren und sie werden die Kontrolle über dich erlangen. Früher oder später.« Der Ritter legte den Leichnam von Vialla wieder behutsam auf dem Boden ab. Dann stand er auf und fasste seiner Begleitung an die Schulter. »Das waren Atieter. Ein Volk aus dem Süden. In den Augen des Glaubens sind sie Ketzer oder zumindest gelten sie als Ungläubige.«

»Das sind Monster!«, spie Ezya aus.

Halius schüttelte den Kopf und erntete den fassungslosen Blick der Dämonin. »Nein, sie sind Menschen. Einfach nur Menschen, die um ihr Überleben kämpften. Das sage ich dir jetzt, aber damals sah ich es so wie du. Die Ausbreitung unserer Lehren raubte ihnen immer mehr Lebensraum. Sie waren wie ein in die Ecke gedrängtes Tier, welches wie wild um sich biss, um zu überleben. Wir waren nicht anders. Wir waren schlimmer.«

Ezya zog ihre Brauen zusammen. Halius' Worte waren so voller Zweifel, aber dort war keine Wut in ihnen zu hören. Kein Zorn über das, was geschehen war. Ihr Blick wanderte wieder auf das Antlitz von Vialla. Das Gefühl, sie zu kennen, wie sie sich selbst kannte, wurde übermächtig.

Zu ihrer Erleichterung wandte sich Halius ab und ging zum Ausgang der Gastwirtschaft. »Komm, wir müssen weiter!« Daraufhin verließ er das Gebäude.

Im Außenbereich der Festung hatte sich etwas getan. Soldaten marschierten im Gleichschritt die Straße entlang in Richtung des Festungszentrums. Hochgewachsene und wie in die Länge gezogene pechschwarze Ritter schritten neben dem Tross. Sie überragten die Männer mit einer schier unmenschlichen Größe.

»Was im Namen des Glaubens sind das?«, fragte Ezya entsetzt.

Halius neigte den Kopf in ihre Richtung, nahm seinen Blick jedoch nicht von den Truppen. »Schwerter des Glaubens. Sie dienen als Leibwache für die Propheten des Glaubens und haben uns während der Schlacht gute Dienste geleistet.«

»Sind das Menschen?«, fragte Ezya. Sie sprach ihren weiteren Gedanken lieber nicht laut aus, denn sie empfand ihn als Blasphemie.

»Dämonen, Menschen. Du stellst die falschen Fragen, Ezya. Aber du wirst die Antworten noch erhalten.«

Wellor rannte zum Eingang der Taverne. Kurz hielt er inne und musterte Halius. »Wir haben die Angreifer bis in den Festungsinnenhof gedrängt. Sie leisten erbitterten Widerstand, doch es ist nur eine Frage der Zeit, bis dieser zusammenbricht.«

Halius erwiderte nichts, sondern wies nur mit der Hand in die Richtung, in die der Tross unterwegs war. Der

Soldat und Freund führte sie daraufhin an der Schlange von Kämpfern entlang und durch einige hohe Tore. Der Weg umrundete das Festungszentrum wie eine Spirale, bis sie am letzten Tor angekommen waren. Hier hörte man deutlich mehr Kampfgeräusche und Schreie. Ein Trupp von Soldaten nahm sie in Empfang und Halius wandte sich Ezya zu. »Du kennst sie alle, habe ich recht?«

Seine Begleiterin nickte bedächtig. Hatte sie die Offiziere doch bereits in der Erinnerung um Vialla kennengelernt und mit ihnen getrunken.

»Es geht nicht weiter. Das Tor zum Burgfried ist geschlossen und diese Heiden schießen mit Pfeilen, werfen Steine und scheißen wahrscheinlich sogar auf unsere Köpfe. Das Beste ist, wenn wir sie aushungern lassen. Danach sind sie leichte Beute«, sagte einer der Offiziere.

Halius schüttelte den Kopf. »Nein, soweit wird es nicht kommen. Ich brauche einige fähige Männer und wir nehmen den Tunnel unter der Krypta.«

Der Mann, der vorher noch gesprochen hatte, schüttelte vehement den Kopf. »Das ist Wahnsinn! Durch den Tunnel können wir nur ein paar Soldaten schicken. Das ist viel zu riskant!«

»Ich persönlich werde den Trupp anführen. Ich werde euch nicht befehlen, mit mir zu kommen. Aber diese Ketzer werden heute noch zur Strecke gebracht werden! Habt ihr verstanden?« In der Stimme des Kommandanten schwang Kälte mit. Ezya sah in den Gesichtern seiner Kameraden, dass diese erschauderten.

»Halius, dein Verlust ist schier unfassbar. Wir alle fühlen mit dir, aber es ist wichtig, in der Endphase des Kampfes einen kühlen Kopf zu bewahren«, sagte Wellor.

»Erzähle du mir nichts von Verlusten! Diese … Tiere werden für das bezahlen, was sie getan haben! Entweder du bist für mich, oder du kannst deinen Posten hier und jetzt räumen, Wellor!«, stellte Halius dem Mann zur Wahl. Die Offiziere wichen ein Stück zurück und sahen sich verunsichert an.

Der kräftig gebaute, rothaarige Mann starrte seinem Kommandanten mit starrer Miene in die Augen. Sein Atem ging ruhig und im mentalen Kampf zwischen seinem Kommandanten und ihm gab es wohl keinen echten Gewinner.

Halius blinzelte und sah daraufhin in die Gesichter seiner Freunde.

»Gut, ich halte dir deinen Dickschädel frei. Aber es ist meiner Meinung nach ein Fehler, Halius«, sagte Wellor schließlich.

Halius nickte.

»Das war wahrscheinlich eine dumme Idee. So etwas erkenne sogar ich und ich habe keine Ahnung von Belagerungskämpfen«, kommentierte Ezya das Szenario.

Halius hob eine Braue und schürzte die Lippen. »Das war mir in diesem Moment vollkommen egal. Ich wollte nur eines: Rache. Ich wollte den Anführer dieses Packs persönlich für seine Taten büßen lassen. Aber du schätzt die Lage richtig ein, es war dumm von mir.«

Die Offiziere machten sich gerade und traten wieder einen Schritt auf Halius zu. Dieser schüttelte ein weiteres Mal den Kopf. »Ich weiß eure Loyalität zu schätzen, Freunde. Aber ihr könnt nicht alle mitkommen. Es wird mich Wellor mit ein paar ausgewählten Kämpfern begleiten. Wir treffen uns vor der Krypta im Seitenflügel des Zentrums. Beeilt euch.«

Danach nickte er Wellor zu und dieser übernahm die Vorhut. Ezya folgte den beiden Männern durch einen Tunnel, der von der Tormauer abging. Sie hatte keinen blassen Schimmer von der Struktur dieser Festung, wodurch sie sich bereits hoffnungslos verlaufen hätte. Nach einem Fußmarsch, dessen Länge Ezya nicht einschätzen konnte, gelangten sie wieder ins Freie. Ein von hohen Mauern umschlossener Platz, auf dem eine Art Garten angelegt war, lag vor ihr. Hohe Bäume wuchsen auf dafür vorgesehenen Beeten, umringt mit einer Vielfalt an Blumen, die Ezya so noch nie gesehen hatte.

»So viele Farben. Was ist das hier?«, fragte sie und konnte ihre Augen nicht von der Pracht abwenden.

Halius ging weiter, sah sich jedoch über die Schulter. »Das sind die Gärten der Krypta. In dieser findet die Messe zu Ehren der Toten statt. Das geschieht einmal im Monat. Nur ausgewählten Menschen ist der Zutritt zu den Veranstaltungen erlaubt, sprich denjenigen, die einen nahestehenden Menschen verloren haben.«

Sie machten an einem Springbrunnen halt. Das Wasser war mit Seerosen bedeckt und Wellor schöpfte gierig mit der Hand die Flüssigkeit in seinen Mund. Halius sah sich um.

»Was hast du vor?«, fragte der rotbärtige Offizier plötzlich.

Halius' Blick wanderte nervös durch die Umgebung und blieb dann auf seinem Kameraden hängen. »Was meinst du?«

Wellor stemmte seine kräftigen Hände in die Hüfte. »Ich meine, was wir im Burgfried machen werden. Wir können mit den paar Männern wohl kaum alle verbliebenen Atieter meucheln.«

»Das müssen wir auch nicht. Die Atieter sind ein abergläubisches Volk. Wenn ihr Anführer fällt, dann ist ihr Widerstand gebrochen und die Soldaten werden sich ergeben«, sagte Halius selbstsicher.

Ezya stellte sich in sein Blickfeld und zog die Schultern nach hinten. Sie erhielt seine Aufmerksamkeit. »Liegt es daran, dass du damals noch jünger warst, oder ist dieser löchrige Plan deinen Emotionen geschuldet gewesen?«

Halius grunzte etwas. »Spitze Worte aus dem Munde einer Person, der wahre Verluste fremd sind.«

Die junge Dämonin wedelte mit ihrem Zeigefinger hin und her. »Tztztz … Das mag aus deiner Perspektive so sein. Aber ich habe auch nie die Gelegenheit gehabt, ein echtes Leben zu führen, wenn du dich entsinnst. Du bist alles, was ich je gehabt habe. Und wenn du sterben solltest … was geschieht dann? Können Ritter des Glaubens sterben? Wird das Mal dann auch mich hinter den Schleier ziehen?«

»Das kann ich dir nicht beantworten. Aber diese Situation ergibt sich nicht. Ja, Ritter des Glaubens können fallen. Das passiert häufiger, als es in den Schriften niedergeschrieben wird. Der Grund dafür sollte dir mittlerweile klar sein, Propaganda. Doch die Gefallenen sind nicht tot im eigentlichen Sinne. Sie kehren wieder zurück. Ich weiß nicht, wie das geschieht, denn ich habe noch nie einen Ritter getroffen, dem das passiert ist. Unsere Situation jedoch ist eine ganz andere. Ich werde verletzt, ich heile und ich kann vermutlich auch sterben. Wir befinden uns in einem Konstrukt, welches ich selbst erschaffen habe. Nicht das hier«, Halius machte eine ausholende Geste, »sondern draußen, am Lagerfeuer. Die Hölle, die sich Menschen auferlegen, ist endlos, sofern sie nicht die Augen öffnen.

Metaphorisch gesprochen, natürlich. Der Schmerz, den ich fühle, wenn ich verwundet werde, wenn mein Körper verstümmelt wird oder meine Seele, der bleibt. Doch mein Weg führt weiter. Für manche beginnt er von vorn. Ich weiß nicht, was mit uns geschehen würde.«

Ihre Welt war ein Trugbild, dachte Ezya. Doch auf gewisse Weise gab ihr das Hoffnung. »Was würde mit mir geschehen, wenn ich sterben würde?«

Der Ritter des Glaubens schnalzte mit der Zunge. Wohl eher unbeabsichtigt als bewusst. »Ich bin mir nicht sicher. Du bist mit mir gefangen. Du scheinst den identischen Regeln unterlegen zu sein. Auch du hast das Land und unseren Weg nie infrage gestellt. Warum nicht?«

Die Worte ihres Begleiters ließen die junge Dämonin stutzen. Sie hatten so viel erlebt. Sie hatte Halius viele Fragen über den Glauben gestellt. Auch über das Land und die Menschen. Doch sie hatte nie in Erwägung gezogen, die Substanz der Welt an sich infrage zu stellen. Sie musste sich eingestehen, darauf keine Antwort geben zu können. Das war vielleicht das Perfide an ihrer beider Situation. Gespräche wie diese waren neu und es zeugte davon, ihrem Ziel ein gutes Stück näher gekommen zu sein, auch wenn Ezya nicht genau wusste, warum das so war.

»Waren die Menschen, die wir getroffen haben, echt?«, fragte sie plötzlich.

Halius hob die Brauen. »Alles ist echt, Ezya. Nicht so wie hier. Ich kann dir nicht sagen, wie alles zusammenhängt. Das weiß vielleicht niemand so genau.«

»Ich bin ein Dämon. Der Glaube behauptet, wir stammen aus dem Jenseits. Aus der Unterwelt, wie es in manchen Kulturen beschrieben wird.«

Der Ritter schüttelte den Kopf. »Mein Wissen ist begrenzt. Heimat ist dort, wo man sich niederlässt. Und die Perspektive, aus der man die Welt betrachtet. Für die einen hängt alles zusammen. Die Übergänge sind fließend. Die Menschen, denen wir begegnet sind, leben immer in ihrer eigenen Welt. Selbst wenn wir mit ihnen interagieren. Sie sehen aus ihrer Perspektive vermutlich etwas anderes, als wir es tun. Aus diesem Grund ist es auch so schwer, die Wahrheit zu erkennen. Es sind nicht die äußeren Umstände, die Veränderungen bewirken, sondern die Inneren, verstehst du? Etwas in uns hat sich verändert. In dir und in mir. Die Art, wie wir das Land sehen, wandelt sich. Du hast die Sonne gesehen, nachdem wir den Dämon im Glaubenshaus bekämpft hatten. Sie war immer da, nur nicht für unser Innerstes. Und genauso verhält es sich mit Dämonen. Sie leben in dem, was die Menschen sehen. Sie schreiten über den Schleier hinweg, wechseln die Perspektive, sind aber dennoch in ihrer eigenen gefangen.«

Ezyas Augen waren auf den Boden gerichtet. Das alles musste sie erst noch in ihren Gedanken sortieren und richtig deuten. Ihr Leben veränderte sich schneller, als sie mit ihm Schritt halten konnte.

Aus dem Durchgang, den sie verlassen hatten, waren Geräusche zu hören und wenig später erschienen einige Soldaten. Der Trupp war vollständig. Eine Handvoll verlorener Seelen, deren Schicksal sie gleich erleben würde. Ezyas Herz schlug schneller.

»Sind wir vollzählig? Dann lasst uns diesen Heiden mal ordentlich den Arsch versohlen. Unser Ziel ist klar. So wenig Aufmerksamkeit erregen wie möglich, den Anführer dieser Halunken ausfindig machen und töten. Danach möge uns unser Glaube schützen.« Wellors Ansprache ließ die Männer zustimmend nicken.

Sie machten sich auf den Weg in das Gebäude der Krypta. Es hatte eine auffallende Ähnlichkeit mit dem Glaubenshaus aus dem Dorf, nur fehlte der Glockenturm. Kleine, spitze Mosaikglasfenster waren in gleichen Abständen in die Hauswände eingelassen. Sie umrundeten ein Beet und durchquerten den zweiflügligen Haupteingang. Im Inneren der Krypta standen wieder Bänke in Reihen hintereinander, wie im Glaubenshaus. Ezya hätte kaum einen Unterschied in der Bauart erkannt. Doch anstelle des Altars war eine breite Nische in die Wand gegenüber dem Eingang eingelassen. Hier stand ein sonderbares Konstrukt, welches Ezya nicht identifizieren konnte. Erst als es sich bewegte und umdrehte, erkannte sie, dass es zu leben schien.

Ihr stockte der Atem und ihr Herz schlug wie ein Hammer auf einen Amboss. Sie blieb stehen und starrte mit aufgerissenen Augen die Kreatur an. Ihr Kopf war von einem goldenen Kübelhelm umschlossen, dessen Sichtschlitz ein Kreuz bildete. Brustpanzer und Arme waren unförmig und schienen deformiert. Alles war in lückenloses Metall gefasst, in welches keine Gelenke eingearbeitet waren. Dennoch passte es sich an die Bewegungen der Kreatur an. Auf seinem Rücken prangte eine Art Kranz aus Rosenblüten, an dem zwei kleine Flügel befestigt waren, so wie an der goldenen Ikone im Glaubenshaus. Im Sichtschlitz des Helms war nur Dunkelheit zu erkennen.

»Meine Brüder, ich erkenne euren Verlust. Ich kann eurer Trauer nur einen Weg aufzeigen, sie jedoch nicht lindern«, brummte eine tiefe Stimme, die unweigerlich von dieser Kreatur kommen musste.

Halius stoppte und wandte sich zu Ezya um. »Komm, habe keine Angst. Der Scriniarii kann dir hier nichts anhaben.« Er streckte seiner Begleiterin die Hand entgegen. Sie ergriff die Geste und beide näherten sich weiter der Kreatur, die gut doppelt so groß war wie Halius.

Das unmenschliche Wesen richtete sich weiter auf und folgte Halius' Bewegungen. Ezya hatte dabei das ungute Gefühl, dass es auch sie ansah.

»Die Festung wurde angegriffen. Der Burgfried ist in der Hand von Ungläubigen. Ich erbitte den Zugang zum Untergewölbe«, sprach Halius mit fester Stimme. Er wirkte nicht so, als ob er sich vor der Kreatur fürchtete.

Die Worte des Wesens wurden von einem Dröhnen begleitet. »Dein Schmerz ist noch vorhanden, Ritter. Doch er ist ein verblichenes Bild dessen, was er einmal war. Die Zeit heilt Wunden, doch nicht bei dir, nicht wahr, Halius? Etwas Neues wächst in den Herzen der Menschen, die gewillt sind gen Horizont zu blicken. Deine Augen sehen weit und sie sehen tief in die Schatten. Was glaubst du zu finden auf deinem Weg?«

Halius starrte den Scriniarii an und Ezya hatte das Gefühl, etwas stimmte nicht. Die Situation war nicht richtig.

»Mein Weg hier ist vorbestimmt. Es ist bereits geschehen und Worte haben keinen Einfluss auf das, was sein wird«, sprach Halius. Ezya verstand nur die Hälfte von dem, was er sagte.

Ein tiefer Basston hallte durch die Krypta und der Scriniarii beugte sich langsam zu Halius hinab. »Ich stimme dir zu. Doch es ist nicht die Vergangenheit, welche mir Sorge bereitet, Ritter des Glaubens. Es ist die Zukunft, der du dich hingibst. Aber wer bin ich, über dich zu urteilen. Lebe ich doch hier, wo die Erinnerungen an die Toten ruhen. Ewig und unvergessen, hinweg durch alle Zeit und Raum. Du kennst meine Antwort auf deine Bitte bereits, weshalb ich sie nicht wiederhole. Sollen dir deine Erinnerungen Klarheit verschaffen, mein Freund.«

Daraufhin wies der Koloss mit seiner unförmigen Hand auf einen Bereich der Wand hinter sich. Ein Poltern war zu hören und es öffnete sich ein Durchgang, der in die Dunkelheit führte. Die Männer machten sich augenblicklich auf den Weg und auch Halius folgte ihnen.

Ezya umrundete das metallisch glänzende Wesen. Der Sichtschlitz in seinem Helm folgte ihr. Konnte es sie sehen?

»Um deine Frage zu beantworten – ja, kleine Dämonin. Mein Antlitz in den Erinnerungen deines Gefährten ist ein Abbild meiner selbst. Ich bin die Verbindung zwischen den Gläubigen und ich bewahre ihr Wissen. Ein jeder kann an den Orten der Trauer die Frage stellen, die ihm oder ihr auf der Seele brennt. Und es ist gleich, ob sich dieser Ort in ihren Gedanken oder in anderen Gefilden befindet. Was würdest du mich fragen, Kind?«

Ezya blieb stehen und starrte das Wesen mit offenem Mund an. Sie sah Halius hinterher, der jedoch nicht reagierte und im Durchgang verschwand. Augenblicklich zog sich die Wand wieder zu.

»Ich muss ihnen folgen!«, sagte Ezya erschrocken.

Der Scriniarii beugte sich weiter zu ihr herab. »Das wirst du, aber zuerst befriedigst du meine Neugier. Ich habe noch nie eine deiner Art in den Gefilden meines Archives gesehen. Was unterscheidet dich von den anderen Sukkuben?«

»Ich weiß es nicht. Ich reise mit Halius durch das Land. Ich kenne nur ihn. Kannst du mir sagen, wer mich an ihn gebunden hat und warum?«

»Ich sehe nur das Vergangene und nicht die Zukunft. Deine Frage bezieht sich auf beides und ist undeutlich. Es tut mir leid. Aber um dich an einen Ritter des Glaubens binden zu können, da bedarf es Zugang zu längst vergessener Magie. Es muss ein altes Wesen sein. Und seine Absicht bleibt mir verborgen, denn ich kann nur das sehen, was mir gezeigt worden ist. Du darfst eine andere Frage stellen, mein Kind.«

Ezya überlegte einen Moment, dann sprach sie. »Meine Mutter, wer war sie?«

Ein dunkles Lachen hallte in der Krypta. »Ich würde dir so gern eine Antwort auf diese Frage geben.« Das Wesen hielt inne und verharrte in seiner Haltung. Dann legte es den Kopf schief. »Nach all den Epochen zwei Überraschungen in so kurzer Zeit. Deine Mutter, da ist Wissen von ihr in meinen Archiven, welches nicht meines ist. Sonderbar ...« Das Wesen zog das Wort in die Länge, was wieder ein tiefes Dröhnen zur Folge hatte.

»W-was bedeutet das?«, fragte Ezya.

»Jemand hat dich hier erwartet, einen Plan geschmiedet, in der Hoffnung, dass dieses Ereignis eintreten wird. Die Verbindung zu deinem Ursprung ist mächtig. Es bietet einer Person Substanz und Orientierung. Eine wichtige Eigenschaft, um die richtigen Entscheidungen zu treffen und sich vollständig zu fühlen«, antwortete der Scriniarii.

Das Wesen wies mit seiner Hand hinter Ezya. Diese drehte sich um und erschrak, wodurch ein greller Schrei von ihren Lippen in der Krypta widerhallte.

Vor der Eingangstür stand eine Person. Sie schritt mit elegant anmutenden Bewegungen auf Ezya zu. Die Frau hatte augenscheinlich ihr Alter, lange schwarze Haare und ihr Schwanz kreiselte spiralförmig hinter ihrem Rücken. Sie war Ezya wie aus dem Gesicht geschnitten, wenn doch auch offensichtliche Unterschiede nicht bestreitbar waren. In ihren Augen brannte ein Feuer. Ihr Blick war stechend und aufgeweckt. Auf ihrem Haupt bogen sich zwei Hörner in Richtung ihres Hinterkopfes. Ihr Körper zog Ezya in seinen Bann. Ihr fielen die ähnlichen Proportionen zu ihrem eigenen auf. Ja, das war ihre Mutter. Sie wusste es in dem Augenblick, als sie die Frau sah.

»Mutter?«, flüsterte Ezya zaghaft.

Die Frau näherte sich. Sie streckte ihr die Hand entgegen, berührte eines von Ezyas Schlüsselbeinen. Ihr Finger wanderte, zog Bahnen auf Ezyas Haut. Ein leichtes Kribbeln entstand im Bauch der jungen Dämonin und wanderte, ohne dass sie es hätte beeinflussen können, zwischen ihre Beine. Die Berührung der Frau glitt an Ezyas Brust entlang, umspielte ihre Knospe. Ihre Mutter ging weiter, umrundete sie, fuhr mit dem Fingernagel ihre Hüfte entlang in Richtung ihres Steißes und dann umfasste sie ihren Schwanz.

»Ich bin beeindruckt, meine Tochter. Du bist zu einer wunderschönen Frau herangewachsen.« Ezyas Mutter hatte ihre Tochter nun vollends umgangen und blieb schließlich vor ihr stehen. »Ich bin hier. Frage mich, was du möchtest. Ich werde mein Bestes geben, dir zu antworten.«

Ezyas Lippen zitterten. Sie schluckte einen bitteren Kloß in ihrem Hals hinunter und atmete tief ein. Ihre

Mutter lächelte daraufhin. Es war ein kaltes Lächeln und Ezya wusste es nicht zu deuten. »Wie ist dein Name?«

»Mein Name war Rizla. Ist es das, was dich interessiert hat, oder ist da mehr? Ich weiß, welche Frage in deiner Seele brennt, meine Tochter.«

»Warum?«, fragte Ezya. »Warum hast du mich verlassen?«

Im Gesicht von Rizla zuckte ein Muskel. War da mehr in ihr als nur das Abbild, welches der Scriniarii erschaffen hatte? »Um einen Wandel herbeizuführen, bedarf es Opfer. Du warst das Lamm, welches ich gegeben. Welches das Tor zu einer besseren Welt öffnen wird. Du bist hier. Du hast die Macht, die Fesseln, die uns unsere Existenz auferlegt, zu brechen. Unser Potenzial denen zu offenbaren, die blind sind.«

Ezya runzelte die Stirn. »Ich verstehe das nicht.«

»Deine Verwirrung ist Teil deines Weges. Verzage nicht und gehe ihn weiter. Du hast es bis hierher geschafft. Weiter, als jeder von uns jemals gegangen ist und gehen konnte«, sprach Rizla.

»Du fehlst mir, Mama. Wo bist du jetzt? Tot, nicht wahr?« In Ezyas Augen sammelten sich Tränen.

Rizla ergriff ihre Hände und drückte sie sich an die Brust. »Mein Opfer war wichtig. Doch ich bin meinem Richter nicht böse, Ezya. Das Urteil, welches ich empfangen habe, hat mir ermöglicht, dir jetzt noch einmal nahe zu sein. Ich bleibe auf ewig hier in den Krypten der Scriniarii und du wirst mich immer besuchen können.«

»Ich fühlte mich seit jeher einsam und falsch. Bin ich falsch, Mutter?«, schluchzte Ezya.

Ihre Mutter lächelte auf einmal. »Nein, Süße. Du bist so, wie ich es mir erhofft hatte und mehr. Ich bin stolz auf dich und auf das, was Halius aus dir gemacht hat. Er bedeutet dir viel, nicht wahr?«

Sie wusste von Halius? Wie? Ezya nickte. »Er ist ein Teil von mir. Aber ich glaube, er sieht mich nicht so, wie ich ihn sehe. Es ist eine Qual, an ihn gebunden zu sein. Er ist so fern und doch kann ich ihn nicht verlassen.«

Rizla drücke die Hände ihrer Tochter fester. »Er braucht Zeit, Ezya. Denke daran. Der Weg ist das Ziel. Du bist hier und du musst diesen Umstand nur richtig deuten lernen, genau wie er. Du bist nicht allein. Du warst es nie.«

Sie ließ Ezyas Hände los und das Lächeln in Rizlas Gesicht verschwand. In ihrer Stimme lag auf einmal ein Hauch von Unsicherheit verborgen. »Es ist nicht üblich und ich hoffe, der Scriniarii gestattet es, dass ich dir eine Frage stelle, die ich mir vor langer Zeit überlegt habe. Sie mag unbedeutend klingen, hat jedoch eine große Bedeutung für mich.«

Die junge Dämonin wandte sich um und sah das Wesen, welches wieder in die Nische der Krypta zurückgekehrt war, fragend an. Es nickte, sagte jedoch nichts. Nachdem sie sich wieder ihrer Mutter zugewandt hatte, war das Lächeln in ihr Gesicht zurückgekehrt.

Rizla stellte ihre Frage. »Erlaubst du es mir, dich in den Arm zu nehmen, mein Kind?«

Die junge Dämonin war nicht mehr in der Lage, ihre Emotionen zurückzuhalten, und die Tränen liefen ihr die Wangen hinab. Sie war unfähig ein Wort zu artikulieren und antwortete auf die Frage ihrer Mutter mit einem heftigen Nicken. Rizla trat den Schritt auf sie zu und legte ihre Arme um ihren Körper. Ihre Mutter fühlte sich weich und warm an. Wie eine Decke in einer kalten Winternacht. Sie nahm die Wärme in sich auf, wie eine Hoffnung, die in ihren Körper gepflanzt wurde. Zum ersten Mal in ihrem Leben fühlte sie, wie es war, ganz zu sein. Ein unbekanntes Stück des Puzzles ihrer eigenen Seele war zu ihr zurückgekehrt und vervollständigte sie. Ezya kam es wie eine Ewigkeit vor, in der sie nur ihre Mutter spürte. Sie öffnete die Augen und Rizla war verwunden.

Mit zitternder Hand rieb sich Ezya die Augen. Sie drehte sich um und trat dem Scriniarii entgegen.

Trotz der Bassnote konnte Ezya in seiner Stimme eine Art Verwunderung hören. »Ich werde nie überrascht. Das dachte ich zumindest bis zum heutigen Tage.«

»Ihr meint Eure Unwissenheit von meiner Mutter in den Archiven?«, fragte Ezya nach.

»Nein. Ich spreche von einer Buhlteufelin, die ihr Junges liebt. Wer auch immer deine Mutter war, sie widerspricht allem, was ich kenne. Und du, Ezya, hast viel von deiner Mutter in die Wiege gelegt bekommen. Ich währe ewig und doch bleibt der Genuss einer derart fundamentalen Veränderung ein rares Gut. Ich danke dir für diesen Einblick. Ich erwarte dein Wiedersehen. Möge die Zeit dir wohlgesonnen sein, meine wunderschöne Kreatur.«

Der Scriniarii hob seine Hand und die Umgebung um Ezya verzerrte sich, verlor an Tiefe und zog sich dann wieder in die Länge. Sie schloss die Augen und als sie sie wieder öffnete, stand Halius vor ihr.

Die Gruppe von Soldaten befand sich in einem schmalen Gang. Ein paar Männer vor sich sah Ezya das Licht einer Fackel. Es neigte sich in Richtung Boden und erlosch dann plötzlich. Ein paar Sekunden darauf wurde es wieder hell und so etwas wie das Kratzen von Stein auf Stein war zuhören.

Die Gruppe ging weiter und erreichte den Ausgang des dunklen Tunnels. Halius sah seine Begleiterin forschend an. »Was ist geschehen?«

Die junge Dämonin hielt seinem Blick einige Sekunden stand, dann wich sie ihm aus. »Nichts. Ich erzähle es dir später, wenn das hier vorbei ist.«

Halius hob eine Braue. »Dann scheint es wichtig gewesen zu sein. Vielleicht sterbe ich gleich. Willst du es mir nicht doch jetzt erzählen?«

Ezya grinste schräg. »Schieb deine Neugier nicht auf eine vermeintliche Gefahr, die nicht existiert. Du stirbst in dieser Erinnerung nicht … zumindest nicht wirklich.«

Ein nicht zu deutender Ausdruck zeichnete sich im Gesicht des Ritters ab.

Wellor führte die Gruppe weiter. Auf Zehenspitzen, zumindest kam es Ezya so vor, überquerten sie einen breiten Gang. Eine steinerne Statue hatte sich zur Seite geschoben und den Tunnel zur Krypta freigelegt, aus dem sie getreten waren. Um den Burgfried zu erreichen, musste der Gang ein ganzes Stück unterirdisch durch das Erdreich geführt haben. Bei dem Gedanken wurde Ezya ganz mulmig zumute. Zum Glück war sie erst später mithilfe des Scriniarii zur Gruppe gestoßen.

Sie hörten Stimmen aus einem angrenzenden Durchgang.

Wellor flüsterte den Männern zu: »Wir befinden uns an der zentralen Kammer, dem bestgeschützten Teil des Burgfrieds. Wenn diese Heiden so viel auf ihren Anführer halten, dann wird er sich dort versteckt halten. Vermutlich bewacht von einigen Soldaten. Der Rest dieser Bastarde wird sich auf den Wehrmauern befinden, um den bevorstehenden Angriff abzuwehren.«

Halius nickte nur und schlich sich an seinen Kameraden vorbei. Ezya folgte ihm. Ihre Hufe hallten auf dem Boden und sie fühlte sich unwohl, obwohl sie eigentlich niemand hören konnte.

»Soll ich vorgehen und die Lage auskundschaften?«, fragte sie Halius leise.

Dieser sah sie mit einem Runzeln auf der Stirn an. »Ich weiß bereits, was uns erwartet und du kannst nichts daran ändern, was passiert. Also nein, folge den Männern!«

Die Buhlteufelin schnaufte, fühlte sie sich doch in diesem Moment vollkommen nutzlos. Sie sollte beobachten, ja, das wusste sie. Aber es bereitete ihr keine Freude.

Die Soldaten wurden schneller und stürmten in die Haupthalle des Burgfrieds. Ein mit weißen Steinsäulen gestützter Raum, an dessen Decke mehrere Kronleuchter hingen. Es gab schräg abgesetzte Deckenfenster, die das Licht der Sonne brachen und den Raum erhellten.

Dennoch brannten Feuerschalen, die zwischen den Säulen platziert waren.

Ezya wusste nicht, wofür der saalähnliche Raum genutzt wurde, aber links des Ganges, von dem aus sie den Saal betraten, stand ein steinerner Stuhl. Er befand sich auf einem Podest, vor dem einige lang gezogene Treppen zu dem gefliesten Boden der Halle führten. Banner mit dem Wappen der Ritter des Glaubens hingen an den Wänden. Hinter dem steinernen Thron, zumindest sah er für Ezya so aus, hing eine ungleich größere Version der goldenen Ikone aus dem Glaubenshaus.

Die Soldaten der Atieter trugen rot-schwarz karierte Kilts und leichte Rüstungen. Ezya vermutete, sie mussten sich bei der Erstürmung der Festung schnell fortbewegen. Ihre Köpfe schützte eine Art Spitzhelm mit Nasenschutz, der mit gegerbtem Leder umwickelt war. Einige der feindlichen Soldaten hatten Schärpen um ihren Oberkörper, auf denen Ezya metallene Broschen erkannte. Vielleicht waren das Ehrenabzeichen des Militärs.

Mit einem Aufschrei in einer Sprache, die Ezya nicht verstehen konnte, preschten die Männer aufeinander los. Wellor parierte einen Angriff und trieb sein Schwert in den Körper seines Gegners. Trotz ihrer zahlenmäßigen Unterlegenheit konnten Halius und seine Männer in kürzester Zeit einen Großteil der feindlichen Kämpfer unschädlich machen.

Halius kämpfte anders als Ezya es von ihm gewohnt war. Seine Bewegungen waren härter und weniger gut aufeinander abgestimmt. Erst führte sie das auf sein jüngeres Ich zurück, doch es war noch etwas anderes. Dort war eine Wut in ihm. In jedem Schlag steckte ein Großteil seiner Emotionen und in den Gesichtern der Atieter war der

Schrecken über ihren Fall nicht zu übersehen. Der Ritter des Glaubens kannte keine Gnade. Der Rote Wolf wurde seinem Namen gerecht, übertraf das Bild, welches er bei seinen Männern hinterlassen hatte.

Im Saal verebbten die Kampflaute. Nur das Geräusch von Halius' Stiefel war noch zu hören, der immer wieder auf den Kopf eines der Atieter eintrat, obwohl dieser offensichtlich bereits tot war.

Einer seiner Soldaten berührte ihn an der Schulter. Halius fuhr herum, war im Begriff, seinen Kameraden den Schwertgriff ins Gesicht zu schlagen, und hielt mit zornesverzerrtem Gesicht inne. Der Mann wich daraufhin zwei Schritte zurück und deutete langsam mit der Linken in Richtung des Throns.

Erst jetzt drang das gleichförmige Summen aus dieser Richtung in Ezyas Ohren und sie wandte den Blick von Halius ab.

Auf dem schlichten steinernen Stuhl saß eine Masse von Mensch. Eine Frau, so wie es Ezya erkennen konnte, fett und unförmig. Sie trug einen hölzernen Kranz, an dem eine Art roter Schleier befestigt war, der ihr Gesicht verdeckte. Ihr Gewand zeichnete ihre Fettwülste nach und zwischen ihren Beinen stand so etwas wie ein Fass. An dessen Oberseite steckte eine metallene Kurbel, die sie unaufhörlich drehte und die offensichtlich das Summen von sich gab. War das ein Musikinstrument, fragte sich Ezya entsetzt.

Neben der Frau stand eine weitaus zierlichere Gestalt. Ein langer Schleier, der aus Metallringen gefertigt schien, reichte bis zu ihren Füßen. Eine ihrer Hände lag auf der Schulter der dicken Frau. Das war ein Kind, erkannte Ezya, oder zumindest ein sehr kleiner Mensch.

Die Gestalt trat einen Schritt vor und machte eine Bewegung, welche den Metallschleier teilte. Sie warf ihn sich über die Schultern und streifte schlussendlich den Kranz ab, an dem der Schleier befestigt war. Auf dem Steinboden erklang ein leises Klirren.

Es war tatsächlich ein Kind. Ein Mädchen, vielleicht zwischen acht und zehn Jahren alt. Sie stieg die Stufen vom Thron hinab, näherte sich Halius und blieb eine Armeslänge entfernt vor ihm stehen.

»Ich bin Amlika-Vasch, das Oberhaupt des Volkes der Atieter, wie Ihr es nennt«, sprach das Mädchen förmlich und ohne Akzent.

Sie hatte lange dunkelblonde Haare, die ihr jetzt offen über die Schultern fielen. Ein Hemd aus grob verankerten Waben bedeckte ihren Oberkörper und ein Kilt, zusammengesetzt aus Lederstreifen, ging ihr bis zu den Knien. Durch das Wabenhemd war ihre Haut zu sehen, die auffällig viele Tätowierungen aufwies. Ihre Augen wirkten aufgeweckt. Das Leuchten in ihnen war älter, als ihr Äußeres vermuten ließ.

Halius machte sich gerade und stellte sich ihr gegenüber. »Ich bin Halius, Kommandant des Regiments, welches auf dieser Festung stationiert ist.«

Im Gesicht des Mädchens zuckte ein Muskel. Sie hielt dem Blick des Kommandanten jedoch stand und fuhr sich mit der Zunge über die Lippen. »Meine Gedanken sind schwer. Sie drehen sich um die Menschen, die heute ihr Leben gelassen haben. Ich erkenne in Euch ähnliche Gedanken. Stimmt ihr mir zu?«

»Was gibt Euch das Recht durch diese Hallen zu schreiten, Kind? Ich suche nach dem, der diesen ketzerischen Überfall zu verantworten hat«, sagte Halius mit fester Stimme.

»Ihr habt mich gefunden. Ich bin die Letzte, die noch übrig ist. Ihr habt meinen Vater, den König getötet, meinen Bruder, meinen Onkel. Ich könnte sie ewig weiter aufzählen.«

Halius rümpfte abfällig die Nase. »Ihr? Was in aller Welt bringt Euch dazu, diesen Akt des Wahnsinns zu vollbringen? Ihr habt Euer Leben verwirkt sowie das Eurer Männer. Um was zu erreichen? Unschuldige Frauen und Kinder zu morden? Es ist so, wie es in den Schriften des Glaubens geschrieben steht. Ihr seid verdorben, unrein, erliegt den Verlockungen von Dämonen.«

Das Antlitz von Amlika verdunkelte sich. »Ihr sprecht von Unrecht und doch wertet Ihr Eure Taten nicht mit gleichem Gewicht, Kommandant. Mir ist das Unrecht bewusst, welches ich Euch antat, im Gegensatz zu Euch. Aber in der Zeit des nahenden Endes, gibt es nur die Verzweiflung. Mein Volk ist tot, Kommandant. Und Euer Glaube trägt dafür die Verantwortung. Die wahre Gnade, die ich Euren Bürgern gewährt habe, werdet ihr vielleicht nie verstehen. Doch sei Euch gesagt, ich unterscheide mich von den Euren in einer Form, die Ihr nie verstehen werdet.«

Das Mädchen drehte sich um und wies mit der Hand auf die korpulente Frau mit der Tonne. »Wenn die Mutter aufhört zu singen, dann werden wir aufhören zu existieren. In der gesamten Festung sind diese Konstrukte versteckt. Sie zerstören Leben auf so fundamentale Weise, dass nichts durch den Schleier treten wird. Versteht ihr? Wir bereiten das größte Opfer, welches noch in den am weitesten entfernten Ebenen nachhallen wird. Ein Leuchtfeuer des Widerstands gegen Euren Glauben, der sich über alles stellt, mordet und vernichtet. Möge es Euren Feinden ein Segen sein, denn selbst die aus dem Licht geboren sind, sind nicht unantastbar.«

Ezya sah Halius ins Gesicht. In seinen Augen war zu erkennen, dass er verstanden hatte.

»Halius? Was hat das zu bedeuten?«, fragte Wellor verunsichert.

Das Mädchen machte eine Handbewegung und die dicke Frau stoppte ihre Drehbewegung. Einen Wimpernschlag danach erscholl ein ohrenbetäubendes Dröhnen und das Fass zwischen den Beinen der Frau barst. Purpur in allen Facetten breitete sich kugelförmig im Raum aus. Als die Welle Amlika passierte, sackte diese lautlos zu Boden, genau wie alle anderen. Nur Halius blieb stehen und starrte Ezya entgegen.

»Was war das?«, fragte diese.

Halius nahm einen tiefen Atemzug durch die Nase. »Ich weiß es nicht. Aber diese … Bomben hatten keinen Einfluss auf die Struktur der Festung, jedoch auf die Seelen der Menschen und Tiere. Ich habe erst später erfahren, was genau geschehen war. Das Fass hier in der Halle löste eine Kettenreaktion aus, welche alle zuvor platzierten Bomben in der gesamten Festung detonieren ließ. Alle Lebewesen wurden vernichtet. Nicht nur getötet, sondern ausgelöscht. Ihre Seelen sind verschwunden. Keiner von ihnen gelangte je hinter den Schleier.«

»U-und du? Was geschah mit dir?«, stotterte Ezya.

Halius machte einen Schritt auf seine Begleiterin zu und zeigte auf die Stelle, wo er eben noch gestanden hatte. Sein Körper lag dort, zusammengesunken wie eine Puppe.

Etwas geschah. Das Licht, welches durch die Deckenfenster der Halle trat, flackerte. Staub bildete sich auf dem Boden, die Banner der Ritter des Glaubens verblichen und hingen plötzlich in Fetzen von den Wänden. Die Körper der Gefallenen blähten sich auf und sanken dann in sich zusammen, bis nur noch ihre skelettierten Überreste dalagen. Doch Halius' Körper veränderte sich nicht. Er wirkte wie eingefroren in der Zeit. Irgendwann konnte Ezya sein Gesicht unter dem Staub nicht mehr erkennen.

»Etwas ist schiefgegangen. Ich weiß nicht, was, aber meine Seele wurde nicht ausgelöscht, sondern verharrte in meinem Körper. Vielleicht war es der Schmerz in meinem Herzen oder die Wut, die in mir brodelte.«

Das Flackern der Sonne stoppte und es wurde finster im Saal. Dann erschien plötzlich ein Funke. Eine Lichtreflexion auf der Oberfläche der Ikone des Glaubens. Der Gralskörper schien etwas zu reflektieren, was sich jedoch nicht in dem Raum befand. Das Licht gewann so sehr an Intensität, dass sich Ezya die Hand vor die Augen halten musste. Dann ebbte es wieder ab.

Eine leuchtende Gestalt trat aus dem Gralskörper. Sie hatte die Größe von Halius und trug ein blendend weißes Gewand, aus dessen Rücken leuchtend strahlende Tentakel zuckten. Eine Frau, soweit Ezya es erkennen konnte. Barfuß schritt sie auf den Körper von Halius zu. Dann machte sie eine komplizierte Handbewegung und verharrte still.

Es dauerte einige Zeit, bis etwas geschah. Halius, der neben Ezya stand und gleichzeitig in der Mitte des Saals lag, deutet auf seinen Körper. »Sieh die Wahrheit, Ezya! Die Wahrheit über die Ritter des Glaubens. Sie alle sind nur Menschen. Voller Fehler, Sehnsüchte, Furcht und

Trauer. So wie ich. Wir sind keine im Licht Geborenen ohne Makel.«

Halius jüngeres Ich bewegte sich. Der Schmutz rieselte von seinem Leib. Seine Kleidung zerfiel zu Staub und nachdem er sich aufgerichtet hatte, stand er vor der Prophetin, wie er erschaffen wurde.

Die Stimme des heiligen Wesens klang sanft und wohlwollend. »Ich habe einen Funken gesehen. Den Funken deiner Seele. So lange Zeit hat er hier verweilt. Ein Wunder, selbst für jemanden wie mich.«

Halius hustete Staub. »Wo bin ich? Was ist geschehen?«

»Du bist aufgestiegen. Habe Geduld, mein Bruder, und gib dir Zeit, zu verstehen«, sagte die Prophetin und streckte Halius ihre Hand entgegen.

Dieser zögerte einen Augenblick, ergriff sie dann jedoch. Dann waren beide von einer Sekunde auf die andere verschwunden und die Dunkelheit hüllte Ezya ein. Sie schloss die Augen.

Die Wahrheit schmerzt, die Wahrheit brennt
Es verglüht ein jeder, der zu ihr rennt

Auf Pfaden, die du nicht verstehst
Wird die Sünde blühen, die du gestehst

Es gibt die Hoffnung, das hast du gelernt
Greife zu, sie ist noch weit entfernt

Verbundenheit

Ezya saß am Feuer und schaukelte vor und zurück. In ihrem Kopf herrschte ein Chaos, welches sie zu überwältigen drohte. Ein Knacken war zu hören und im Lichte der Morgendämmerung stahl sich ein Schatten in ihr Bewusstsein, welcher vom Waldesrand auf das Lager zuging.

Halius hatte etwas in der Hand, einen Hasen. Er war losgezogen, um zu jagen. Sie hatten beide Hunger. Auch wenn kaum Zeit vergangen war, während Ezya an den Erinnerungen ihres Gefährten teilgenommen hatte, fühlte sie sich ausgelaugt und schwach. Der Schlaf danach hatte nicht die ersehnte Erholung gebracht.

Der Ritter des Glaubens hockte sich neben sie ans Feuer und schnitt mit seinem Messer in das Fell seiner Beute.

»Die Ritter des Glaubens sind also alle Menschen. Und was ist mit dieser … Prophetin? Gibt es nur sie? Was ist mit dem Scriniarii?« Aus Ezyas Mund sprühten die Wörter wie aus einem Springbrunnen.

Halius lächelte. »Viele Ritter waren einmal Menschen. Zumindest schließe ich es aus dem, was ich von ihnen weiß. Sie sind alt und manche sind so alt, dass sie kaum noch Ähnlichkeit mit dem haben, was wir kennen. Und die Propheten … Ich weiß es nicht. Vielleicht waren sie einmal wie wir und sind aufgestiegen. Es gibt viele Geheimnisse, die selbst ich nicht weiß. Vielleicht wissen sie selbst nicht, was sie sind oder wer sie waren.«

»Das ist … grausam. Warum lassen sie die Menschen denken, sie wären Heilige? Sie wären etwas Besseres. Etwas, wonach jeder streben sollte?«, fragte Ezya.

»Macht? Wer weiß das schon. Der Kampf zwischen dem Glauben und den Dämonen währt schon länger, als die Archive der Scriniarii es aufzeichnen konnten. Und jetzt frag mich nicht, ob sie einmal Menschen waren. Wenn ja, dann hat sie die Zeit selbst verändert. In etwas anderes. Ich bin mir momentan nicht einmal mehr sicher, ob du wirklich ein Dämon im Sinne des Glaubens bist.«

Ezya hob erschrocken den Kopf. »Was? Und was bin ich dann, wenn keine Ausgeburt des Bösen?«

Halius lachte auf einmal. »Das glaubst du doch selbst nicht mehr, oder doch? Womöglich unterscheidet sich deine Art gar nicht so sehr von der der Atieter, verstehst du? Man sagt Dämonen nach, sie besäßen keine Kultur, kein Volk im eigentlichen Sinne und bei vielen Arten ergibt das auch Sinn. Aber du hast deine Mutter getroffen. Hat dich das nicht überrascht?«

»Sie war anders, als ich es mir ausgemalt hatte. Der Scriniarii sagte mir, sie und ich würden gegen sein Wissen verstoßen. Er war überrascht und er war so ehrlich, es mir zu sagen. Ich hatte nicht das Gefühl, er würde meine Mutter oder mich verachten.«

Halius zog dem Hasen sein Fell über die Ohren. »Es wird nicht mehr lange dauern und wir erreichen das Ende unseres Weges.«

»Was erwartet uns dort?«, fragte Ezya.

»Du siehst jetzt genauso viel wie ich. Wir werden es wissen, wenn wir das Ziel erreichen, davon bin ich überzeugt. Und bis dahin sollten wir uns ein wenig stärken. Oder nicht?«

Ezya lächelte und stupste Halius mit der Schulter an. Dieser gab ihr einen Kuss auf die Stirn.

Es hatte sich alles verändert. Ezya fühlte sich auf sonderbare Weise leicht. Selbst der trübe Himmel über ihren Köpfen wirkte weniger bedrückend als sonst.

Nachdem sie ihr Lager abgebrochen hatten, setzten die beiden Wanderer ihren Weg fort.

»Wohin gehen wir eigentlich?«, wollte Ezya wissen.

»Weiter, einfach weiter. Ich habe den Weg nie infrage gestellt und ich würde damit jetzt auch nicht anfangen. Schlussendlich haben wir es bis hierhin geschafft«, antwortete Halius.

»Ich möchte gerne mehr über Vialla erfahren. Wie war sie?«, sagte Ezya und lugte vorsichtig in Halius' Gesicht.

Im Antlitz des Ritters rührte sich kein Muskel. »Ezya, ich weiß, was du für mich empfindest. Ich bin ein gebrochener Mann, wenn überhaupt. Wir wissen nicht, was wir am Ende unserer Reise finden werden. Wenn der Zauber, der uns aneinanderbindet, gebrochen ist, dann kannst du deiner Wege ziehen. Du kannst dein Leben führen, endlich, nach all den Jahren der Entbehrung, die ich dir auferlegt habe.«

In Ezyas Brust drehte sich etwas. Ein Knoten in ihrem Herzen, so interpretierte sie das Gefühl. Halius musste ihren Gesichtsausdruck gesehen haben, denn auf einmal ging er dicht neben ihr und legte seinen Arm um ihre Schultern.

»Ich habe ein Leben. Und du nimmst darin einen sehr großen Teil ein, Halius. Ich will die Welt sehen, in der du Vialla getroffen hast. Ich will die Sonne sehen und den Mond. Ich will Blumen pflücken und Himbeeren, auch wenn ich von ihnen Ausschlag um meine Lippen bekomme. Aber ich will das nicht ohne dich tun, verstehst du? Du bist kein gebrochener Mann. Du trägst Trauer in dir. Ich habe sie gesehen und ich kann sie besser nachfühlen, als du denken magst. Bitte sei nicht böse über meine Worte, aber ich glaube, Vialla hat mir etwas mitgegeben. Nicht von ihr, das maße ich mir nicht an, aber von dir. Ich weiß, was du für sie empfunden hast. Und vielleicht eröffnet sich für dich damit die Chance, deinen Schmerz mit mir zu teilen«, sprach Ezya und sah dabei auf den Weg, dem sie folgten.

»Und etwas Neues wachsen zu lassen? Meinst du das?«, fragte Halius.

Die junge Dämonin bemerkte seinen Blick. »Ich —«

Halius unterbrach sie. »Das sagte der Scriniarii zu mir in meiner Erinnerung, erinnerst du dich?«

Ezya schwieg. Was erwartete sie von Halius? Eine Gradwende seiner Gefühle zu ihr? Er war immer noch ein Ritter des Glaubens und hatte eine Verpflichtung seinem Amt gegenüber. Da passte keine Dämonin ins Bild. Sie hatte sich all die Jahre etwas vorgemacht. Konnte nicht verstehen, war blind und jetzt hielt sie an etwas fest, was womöglich nur ihrem Wesen oder dieser Hölle hier entsprungen war. Wer war sie, auf die Gefühle eines Ritters zu hoffen? Ein Niemand. Ein Dämon der Lust, welcher vom Lichte der Erkenntnis gekostet hatte und sich dadurch für etwas Besseres hielt?

Ihr Herz schmerzte plötzlich. Es war, als ob sich eine Nadel in das Organ bohrte. Langsam und erbarmungslos.

Halius hielt sie fest. »Ezya, was geht in dir vor?«

Die Buhlteufelin riss sich los und lief, ohne sich umzudrehen, in den Wald hinein. Ein kindisches Verhalten, rief eine Stimme in ihrem Hinterkopf. Doch sie wollte einfach nur noch fort. Nicht von Halius, das war unmöglich, sondern sie wollte ihre Gefühle hinter sich lassen. Ihnen entkommen, was ein genauso absurdes Unterfangen darstellte. Vor Halius zusammenzubrechen und zu heulen, war jedoch keine Option. Sie wollte seine Fürsorge nicht. Seine Väterlichkeit. Und die hätte er ihr, ohne zu zögern gegeben, das wusste sie. Sie konnte sich auf ihn in dieser Beziehung verlassen. Die Münze hatte jedoch zwei Seiten. Die, die sie bekam und die, die sie eigentlich wollte. Das, was sie eigentlich vermied, war, von ihm abgelehnt zu werden, schwirrte ein Gedanke in ihrem Kopf. *Feigling! Feigling! Du bist ein erbärmlicher Feigling, Ezya!*

Ihr Weg führte die Buhlteufelin weiter in den Wald hinein. Die Bäume standen dicht an dicht. Ihre Tränen verschleierten ihr die Sicht. Bald würde wahrscheinlich wieder der Weg vor ihr auftauchen und damit auch Halius, der sie mit seinem erwartungsvollen Blick anstarrte. Ezya sank auf die Knie und kippte nach vorn über. Sie vergrub ihr Gesicht in den Händen, ihr Kopf fühlte sich an, als ob er gleich zerplatzen würde. Ein klägliches Jammern entkam ihrer Kehle. Sie weinte bitterlich, doch der Wald verschluckte ihre Tränen wie ein ausgehungertes Tier. Groß und bedrohlich.

Halius rieb sich die Augen. Er wurde aus dieser Frau nicht schlau. Dabei war er doch tatsächlich gewillt gewesen, diesem Thema einen Raum zu geben.

Eine Zeit lang wartete er. Ging den Weg auf und ab, doch von Ezya war keine Spur zu sehen. Es stieg Sorge in ihm auf und ein anderes merkwürdiges Gefühl, welches er nicht einordnen konnte. Er war all die Jahre mit ihr zusammen gereist und sie hatten sich nie lange getrennt. Vielleicht lag es an den jüngsten Offenbarungen, doch er machte sich Sorgen um sie. Selbst für seinen Geist war das Wissen, welches wieder in sein Bewusstsein gerückt war, nicht leicht zu verarbeiten. Ezya war jung. Sie hatte keine Lebenserfahrung im eigentlichen Sinn, hatte sie doch nie diese Traumwelt verlassen. Er tat ihr vermutlich unrecht mit dieser Einschätzung. Ihr Geist war nicht an diesem trostlosen Land zerbrochen. Halius selbst hatte mit seiner Melancholie ebenso wenig für Stabilität beigetragen. Und dennoch behielt Ezya in ihrem Inneren eine merkliche Lebensfreude, mit der sie Halius in seinen dunklen Stunden aufzuheitern versuchte. Sie erinnerte ihn immer mehr an Vialla. Nicht auf persönlicher Ebene, sondern bei dem, was seine Begleiterin bei ihm auslöste.

Der Ritter schnaufte, warf das Stück Zweig, welches er in Gedanken abgebrochen hatte, auf den Boden und stapfte in die Richtung, in die Ezya geflohen war.

Abseits des Weges wurde es dunkler. Der Wald schien das Licht zu schlucken. Hier draußen gab es Dinge, vor denen selbst Halius Angst hatte. Auch wenn sie wie Tiere aussahen, waren es keine. Tiere wie der Hengst, den sie vor der Ortschaft gesehen hatten, würden sich nie selbst auf diese Weise geißeln. Sie gelangten nicht in ihre persönliche Hölle, weil sie nichts in ihrem Leben bereuten. Sie fühlten sich weder schuldig noch trauerten sie einer vergangenen Liebe nach. Sie blickten immerzu in die Zukunft. Was auch immer der Hengst war, es war kein Pferd im eigentlichen Sinne gewesen. Genau wie die Wölfe und der Hase, den er erlegt hatte. In den Lehren, auf denen Halius' Indoktrination beruhte, fand er keine Hinweise auf die Art dieser Wesen. Vielleicht waren es Überbleibsel, Echos von Erinnerungen, die in diesem Land eine Substanz bekamen.

Das Unterholz wurde immer dichter und der Ritter hatte zunehmend Probleme voranzukommen. Auf dem Boden suchte er vergebens die Hufabdrücke seiner verschwundenen Begleiterin. Er zog sein Schwert und schlug damit auf die kleinen Sträucher ein, um sich einen Weg zu bahnen. Hier konnte Ezya nicht entlanggekommen sein. Er musste zurück und auf sie warten, doch nachdem er sich umgedreht hatte, kam ihm das Dickicht unbekannt vor. Er lachte kurz. Ein abgehackter Laut, der sich anhörte wie ein Glucksen. Er hatte sich tatsächlich verirrt.

Egal, in welche Richtung er sich drehte, der Wald sah immer gleich aus. Er stapfte einfach drauflos. Irgendwann würde er wieder bei Ezya landen, das war Gesetz.

Ein Lichtschein erregte seine Aufmerksamkeit. War das eine Hütte? Der Ritter schlug ein paar dünne Äste aus seinem Weg und ging weiter. Dort war ein zusammengestürzter Schuppen. Er musste uralt sein, denn das Holz war mit Moos bedeckt und Laub hatte sich auf dem zusammengebrochenen Dach gesammelt.

Gegenüber der Ruine stand ein besser erhaltener Unterstand. Halius erkannte geschlagenes Holz und in einem dicken Stamm steckte eine Axt. Mittig der beiden Gebäude stand eine kleine Hütte, aus dessen Fenstern Licht schien. Langsam näherte sich der Ritter und klopfte an die Tür. Er hörte Stimmen aus dem Inneren, konnte jedoch nicht verstehen, was sie sagten. Die Tür öffnete sich wie von Geisterhand und Halius sah misstrauisch in das Innere des Hauses.

»Halius! Komm rein, was hat so lange gedauert?«, rief Ezya.

Sie saß auf einem Stuhl, der vor einer Feuerstelle stand. Über den Flammen hing ein Topf, in dem eine Flüssigkeit köchelte. Eine dunkle Gestalt drehte sich zu ihm um. Ein scheußlicher Anblick, empfand der Ritter. Die alte Frau musste Hunderte von Jahren alt sein. Unter ihrem Kopftuch konnte er kaum ihr Gesicht erkennen, nur die riesige Hakennase, auf der eine haarige Warze thronte. Die Falten um die Augen der Frau waren so dicht, dass Halius nur dunkle Schatten sehen konnte. Eine weiße Haarsträhne fiel der Alten ins Gesicht und sie zog einen gestrickten Überhänger enger um die Schultern.

»Ein Ritter des Glaubens? Welch eine Überraschung in meinem bescheidenen Heim. Tritt ein, mein Junge! Deine Begleiterin hat bereits von dir gesprochen«, entgegnete die Alte. Ihre Stimme klang blechern und kratzig.

»Hat sie das?«, sagte Halius, trat in das Haus und schloss die Tür hinter sich.

»Ezya, das gute Mädchen, hat mir gerade von eurer Reise erzählt. Ich bin neugierig auf ein paar Geschichten, bekomme ich doch so selten Besuch in meinem Heim«, sprach die Alte und watschelte gemächlich auf einen Stuhl zu.

Sie zog das Möbelstück an das Feuer heran und deutete mit ihren spinnenartigen Fingern auf die Sitzmöglichkeit. »Das Essen ist gleich fertig. Bitte setz dich doch.«

»Wer bist du und was willst du von uns?«, fragte Halius streng und machte keine Anstalten, ihrer Geste nachzukommen.

»Halius! Sei nicht unhöflich. Wir treffen nach all dieser Zeit endlich einmal auf einen freundlichen Menschen. Setz dich zu mir.« Ezya sah den Ritter streng an, was wohl ihr Missfallen über sein Verhalten ausdrücken sollte.

Die Alte näherte sich Halius und blieb vor ihm stehen. »Du kannst dein Schwert einstecken. Ich stelle keine Gefahr für euch beide dar. Ihr müsst hungrig sein.«

»Nein, eigentlich haben wir vor Kurzem erst gespeist. Hat Ezya das nicht erwähnt?«

Die Spitze in seinen Worten blieb der Buhlteufelin wohl nicht unbemerkt und sie verschränkte die Arme vor der Brust. Halius schob sein Schwert in die Scheide und sah auf die Alte hinab. Sie grinste ihn an und einer ihrer Hakenfinger näherte sich seiner Brust, stoppte jedoch kurz, bevor sie ihn berührte. Plötzlich drehte sich die Frau um und schlurfte in Richtung Feuerstelle.

Halius näherte sich Ezya, die seinem Blick standhielt.

»Wenn ihr beide erst einmal gekostet habt, dann wird bestimmt noch etwas meiner Suppe in eure Bäuche passen, glaubt mir. Wo habe ich nur das Salz gelassen?« Die Alte sah sich hektisch um und trippelte dann in Richtung der einzigen Tür, die, abgesehen vom Eingang, vom Wohnbereich der Hütte abging. Halius streckte den Hals und erkannte im Nebenzimmer ein Regal, auf dem einige Töpfe standen. Wahrscheinlich war es ein Lager.

Er sah Ezya streng an. »Was hast du ihr alles erzählt?«, fauchte er mit gedämpfter Stimme.

Seine Begleiterin funkelte mit den Augen. »Was denkst du denn? Ich habe ihr alles erzählt. Du und ich seien auf einer Reise, dessen Ziel wir nicht kennen. Wir hätten herausgefunden, dass dieses Land ein großer Schwindel ist, der nur deiner Melancholie entspringt und natürlich, dass du von einem Propheten des Glaubens zu einem Ritter gemacht wurdest.« Sie sah Halius einen Wimpernschlag starr in die Augen. »Gar nichts, verdammt. Ich habe gar nichts gesagt. Sie hat mich im Wald gefunden und mich in ihre Hütte eingeladen. Ich habe natürlich abgelehnt, bin weggerannt und dann bei ihr hier gelandet. Ich weiß nicht, warum. Wir hatten gerade darüber gesprochen, wie lange es wohl dauern würde, bis die Kartoffeln gar wären. Dann bist du aufgetaucht.«

Halius schluckte. »Woher weiß sie, was ich bin?«

»Vielleicht von deinem Anhänger, der dir um den Hals baumelt?«, antwortete Ezya und verzog den Mund.

Halius griff an seine Kette. Sie hing sichtbar über seinem Lederharnisch. »Verdammt«, zischte er und entblößte seine Zähne.

»Macht euch keine Gedanken, meine Kinder. Mir wäre es auch aufgefallen, wenn du das Emblem des Glaubens nicht offen getragen hättest. Ich mag alt sein, aber meine

Augen sehen mehr als nur das, was zu sein scheint«, sagte die Alte und schlurfte zurück zur Feuerstelle.

»Deine Ohren sind anscheinend ebenfalls recht gut«, fügte Halius hinzu.

Die Alte schenkte ihm ein schräges Grinsen, was einen riesigen weißen Zahn entblößte.

»Du weißt, wo wir sind?«, fragte Ezya überrascht.

Halius spannte sich merklich. Sie hatten noch nie jemanden getroffen, der hinter den Schleier blicken konnte, bis auf Dämonen.

»Ja, ich weiß, wo ich mich befinde. Es ist meine Welt. Ich habe lange gelebt und nach den Jahren des Dienens finde ich hier endlich meine lang ersehnte Ruhe.« Die Alte schüttete den Inhalt eines Tontopfes in die köchelnde Flüssigkeit.

»Was bedeutet das?«, fragte Halius.

Die Alte sah auf. »Noch bevor sich der Glaube wie eine Pest über das Land verbreitet hat, gab es Kulturen, deren Wissen die Propheten hätten erblassen lassen. Nun, sie sind ohnehin recht blass, wenn du mich fragst. Ich war eine Weise, schon als Kind. Ich antwortete auf die Fragen des Lebens. Mein Schicksal war geschrieben, noch bevor ich den Leib meiner Mutter verlassen hatte. Lasst euch gesagt sein: Ich hasste die Menschen, die jeden Tag zu mir kamen und mich um Rat fragten. ›Wie wird die Ernte dieses Jahr?‹, ›Wird mein Kind gesund zur Welt kommen?‹, ›Gewinne ich im Glücksspiel?‹.« Die buckelige Frau wandte sich den beiden Wanderern zu und hob einen ihrer langen Zeigefinger. »Die Menschen interessierten sich nicht für die Wahrheit. Sie interessierten sich nur für sich selbst und ihre eigenen Vorteile.«

»Du warst ein Orakel«, sagte Halius dunkel.

Die Alte nickte. »Ja, ihr nennt es so. Ach, ich habe es begrüßt, endlich zu sterben.«

Ezya lehnte sich auf ihrem Stuhl vor. »Aber warum lebst du hier in dieser Trostlosigkeit? Ohne Sonne und Blumen?«

»Ach, wer braucht schon Farben, wenn er hinter den Schleier blicken darf? Hier habe ich meine Ruhe. Niemand findet mich hier. Ich habe mir dieses Leben ausgesucht, versteht ihr. Ich! Für die einen mag es die Hölle sein. Ich sage, es ist das, was jeder daraus macht. Und davon abgesehen, sind die Übergänge fließend.«

»Das beantwortet dann wohl auch die Frage, woher du wusstest, wer ich bin«, sagte Halius.

Die Alte nickte. »Sehr ungewöhnlich für einen Ritter des Glaubens, hier festzusitzen. Ich hoffe, du verzeihst einer alten und einsamen Frau ihre Neugier, aber warum wandelst du in diesen Gefilden, Heiliger?«

Ezya taxierte Halius und er hatte bereits eine Vorahnung, was jetzt kommen würde. Sie formte ihre Lippen zu einem Kreis und in ihren Augen loderte auf einmal wieder die Flamme, die Halius nach der Nacht im Wirtshaus bereits vermisst hatte. »Uhhh, ein Heiliger wurdest du genannt. So etwas höre ich das erste Mal in meinem Leben. Da bekommen meine Taten eine ganz andere Qualität.«

Halius räusperte sich und schenkte seiner Begleitung einen mahnenden Blick, doch diese ließ sich diesmal nicht einschüchtern.

»Hätte dir die frühere Erwähnung dieser Tatsache geholfen, deine Gefühle von vorhin besser auszudrücken?«, konterte Halius.

Die Kieferknochen seiner Begleiterin traten ein Stück hervor und ihre Oberlippe zuckte nervös. »Touché.«

Die alte Frau schöpfte mit einer Holzkelle ein wenig Flüssigkeit aus dem Topf und hielt sie sich an den Mund. Ein schlürfendes Geräusch entstand und dann ein Schmatzen. »Perfekt, würde ich sagen.«

Sie nahm eine Tonschüssel vom gemauerten Sims der Feuerstelle und schenkte das Gebräu hinein. Dann reichte sie es Ezya und wiederholte den Vorgang noch zweimal. Halius sah misstrauisch in seine Mahlzeit.

»Ich besitze kein Besteck. Bei meinem Volke war das nicht Brauch«, sagte sie und schlürfte von ihrer Suppe.

Ezya tat es ihr gleich und Halius musterte die junge Frau aufmerksam.

Die Alte kicherte. »Meinst du, sie fällt gleich vom Stuhl? Die Suppe ist nicht vergiftet, keine Sorge.«

»Dein Volk, wer war es?«, fragte Halius.

Die Alte grinste wieder. »Du kennst es, Halius. Es waren die Atieter, deren Untergang du hautnah miterlebt hast.«

Der Ritter schluckte und Ezya fing an zu husten. Die Alte lachte daraufhin.

»Warum hast du uns zu dir eingeladen? Willst du Rache?«, fragte Ezya plötzlich mit einer deutlichen Note Verunsicherung in ihrer Stimme.

Die Alte schüttelte den Kopf. »Ach, Kind. Nein. Ich hege keinen Gräuel gegen dich oder Halius. Ich hatte mein Leben schon lange ausgehaucht, als mein Volk unterging. Wie ich bereits sagte. Die Menschen waren dem Untergang geweiht. Sie interessierten sich nur für sich selbst. Ihre Blindheit und Arroganz hat es den Propheten erst erlaubt, ihre Macht auszuweiten. Ich bin jedoch überrascht worden von der Entscheidung, die Amlika-Vasch getroffen hat. Du glaubst, du trägst Hass und Trauer in dir,

Halius? Unsere letzte Königin war dir mehr als ebenbürtig.«

»Was überrascht dich daran? Verlust hinterlässt Wunden. Manche sind oberflächlich und manche so tief … Sie verheilen nie«, sprach Halius und sah dabei starr ins Feuer.

Die alte Frau nickte bedächtig. »Trotz ihres Hasses hat sie den meisten Menschen in der Festung Gnade zuteilwerden lassen.«

Ezya stellte ihre leere Schüssel neben ihren Stuhl auf den Boden. »Gnade? Empfindest du das Töten von Frauen, Kindern und Alten als Gnade?«

»Du hast es gesehen, ja. Aber du triffst die falschen Schlussfolgerungen, Ezya. Nachdem die Bomben, wie ihr sie genannt habt, gezündet wurden, da wurde jede Seele innerhalb der Festung ausgelöscht. Kein Individuum, sei es Mensch oder Tier, hat den Schleier durchquert«, sagte die Alte.

Die junge Dämonin sah erschrocken auf.

»Bis auf die, die schon tot waren«, ergänzte Halius.

Ezya blickte ihn an. »Wusstest du das?«

Der Ritter schüttelte den Kopf. »Es ist eine logische Konsequenz gewesen.«

»Aber du hast sie nicht gesehen. Dein Zorn hat dich blind gemacht. Er hat dich über die Jahrhunderte aufgefressen, die du einen Krieg für eine Religion geführt hast, die ihren Nutzen daraus gezogen hat. Was unterscheidet sie von den Atietern, Halius? Die Form ihres Egoismus?«

»Warum das Ganze? Um einen glorreichen Untergang zu inszenieren? Was hatte Amlika davon?«, fragte Ezya.

Halius nahm einen Schluck aus seiner Schüssel. Die Suppe schmeckte salzig und die Kartoffel war noch fest in ihrem Kern. »Nicht nur die Menschen und Tiere hatten

Opfer zu beklagen, sondern auch die Ritter des Glaubens. Das Abbild des Scriniarii wurde zerstört und selbst ein Prophet ist ausgelöscht worden.«

In Ezyas Gesicht formte sich ein Schrecken, den Halius nicht in dem Maße erwartet hatte. Er sprach schnell weiter. »Es war ein Zeichen. Ein Signal an die anderen Völker, sich zu wehren. Widerstand zu leisten. Es hat die Welt ins Chaos gestürzt und Tausende Menschen das Leben gekostet. Der Vormarsch der Ritter des Glaubens stockte. Es entstand eine Art Stellungskrieg, in dem es weder Gewinner noch Verlierer gab. Ich habe so viel Leid gesehen und es hat mich aufgefressen. Erst meinen Hass und dann meine Substanz. Ich habe aufgegeben, obwohl das für einen Ritter keine Option darstellte.«

»Und als Folge dessen trägst du dieses Mal auf deiner Brust«, sagte die Alte.

Halius sah auf. Er nickte. »Ich weiß es nicht, aber wahrscheinlich hast du recht.«

»Wer hat es erschaffen? Und was soll es bewirken?«, fragte Ezya.

Die Alte stellte ihre leere Schüssel zurück auf den Sims der Feuerstelle und setzte sich wieder. »Das hängt ganz davon ab, was das Ziel eurer Reise ist. Dort erfahrt ihr auch, wer dafür verantwortlich ist und warum. Aber an der Stelle, an der ihr beide euch jetzt befindet, behindert es euch, den richtigen Weg zu finden.«

Halius sah die Frau durchdringend an. Sie wusste mehr, als sie ihnen mitzuteilen gedachte.

»Ich kann es für euch entfernen, wenn ihr wollt«, sagte sie plötzlich.

Ezya saß kerzengerade auf ihrem Stuhl. Halius sah seine Begleitung an. Verunsichert wechselte der Blick der

Dämonin zwischen dem Ritter und der Alten hin und her. »Das könntest du? Woher hast du das Wissen dafür?«

Ihre Gastgeberin neigte ihren Kopf von der einen Seite auf die andere. »Ich bin alt und im Laufe meines Lebens habe ich noch ältere Schriften studieren dürfen. Die Magie, die dem Mal innewohnt, ist mächtig, aber auch auf ihre Weise simpel. Sie entspringt der Natur der Dinge selbst, anders als die Wunder der Propheten. Mit den richtigen Utensilien lässt sich das Band lösen, wenn auch nicht sofort. Ich muss euch jedoch warnen. Der Gegenzauber, den ich anwenden muss, Halius, wird dein Wesen beeinflussen. Du wurdest in die Reihen der Propheten aufgenommen und es wohnt eine große Macht in dir. Doch sie wird verstummen, wenn auch nur für kurze Zeit.«

Halius konnte nicht übersehen, wie aufgeregt Ezya war. Es bedeutete ihre Freiheit, endlich das zu tun, was sie wollte. Er konnte und wollte ihr das nicht verwehren, doch er zweifelte an der Aufrichtigkeit dieser Frau. Es wirkte alles zu perfekt. »Warum willst du uns helfen? Was hast du davon?«

Die Alte faltete die Hände. »Dein Misstrauen ist berechtigt und ich werde ehrlich zu euch beiden sein. Mein Leben hier kostet Kraft. Ich blicke fortwährend durch den Schleier. Sehe Leid und Glück. Ich sehe meine Kinder und meine Enkel glücklich in unserem Dorf spielen. Es wäre so leicht für mich, zu ihnen zurückzukehren. Doch mit mir zieht auch immer etwas Dunkles. Es ist die Bürde einer Seherin, wie ich es bin und sie würde die Welt, in der meine Liebsten jetzt leben, verseuchen. Mit der Macht, die dem Mal innewohnt, habe ich die Möglichkeit, diese Bürde für eine kurze Zeit abzulegen. Versteht ihr mein Begehr?«

»Was denkst du, Ezya?«, fragte Halius.

Seine Begleiterin sah zu Boden. »Ich will dich nicht verlassen, Halius. Ich habe Angst, dass ich es muss, wenn uns nichts mehr verbindet.«

»Uns verbindet mehr als das Mal, Ezya.«

»Ich wollte es dir auf dem Weg sagen, war jedoch zu schwach dafür. Ich hatte Angst davor, abgelehnt zu werden. Doch ich glaube jetzt, es ist wichtig, es dir mitzuteilen. Ich liebe dich, Halius. Das tue ich schon lange. Und nachdem ich meine Mutter getroffen habe, die mir gezeigt hat, was ich ihr bedeutet habe, seitdem weiß ich, dass es keine Lüge ist. Ich bin fähig zu lieben.« Ezya sprang von ihrem Stuhl auf und verharrte. »Sag nichts. Das musst du nicht und es tut mir leid, dich in solch eine Lage zu bringen. E–es tut mir leid.« Daraufhin eilte sie zur Eingangstür und verließ die Hütte.

Ein unangenehmes Schweigen breitete sich aus. Nur das Feuerholz knackte in den Flammen.

»Das arme Mädchen. Sie weiß doch, wem deine Treue gehört, Halius. Der Glaube wird eine solche Verbindung niemals akzeptieren«, sagte die Alte gleichförmig.

Halius sah ihr in die Augen. »Du willst die Macht des Mals? Dann mach dich an die Arbeit.«

Der Ritter des Glaubens vergrub das Gesicht in seinen Händen. Die alte Frau hatte Ezya gebeten, ihr bei ein paar Vorbereitungen zu helfen. Immer wieder schickte sie die junge Dämonin mit merkwürdigen Zutaten in den Wohnraum und Halius musste sie in einen Kessel werfen oder mit einem Stößel zermahlen. Erst waren es Blüten, Blätter und getrocknete Würmer. Es folgte die Pfote eines Hasen und der Kopf eines Huhns, dessen Auge den Ritter noch aus dem Kessel heraus anstarrte. Der Ritter verzog angewidert das Gesicht, als Ezya ihm eine Art Tentakel hinhielt.

»Was bei den Propheten ist das?«, fragte er und auf seinem Nasenrücken zog sich die Haut in kleine Falten.

Aus dem Lager drang die Stimme der Alten. »Das ist die Spitze eines Arms von jenem, dessen Namen ich nicht aussprechen darf. Also frage lieber nicht.«

Das schleimige Ding zuckte plötzlich und Ezya ließ es mit einem Kreischen in den Topf fallen. Aus dem Hinterzimmer ertönte ein schadenfrohes Lachen und die Alte gesellte sich daraufhin wieder zu ihnen.

»Das wäre fast alles. Nur zwei Dinge fehlen mir jetzt noch. Etwas von euch. Etwas, was die Essenz eurer

Verbindung zueinander ausmacht«, sagte die Frau und rührte bedächtig mit einem Holzlöffel im Kessel herum.

»Und was soll das sein?«, fragte Ezya.

Die Alte griff nach der Hand der Dämonin und stach ohne zu zögern, ihren spitzen Fingernagel in eine Fingerkuppe. Ezya quiekte, hielt jedoch zu Halius' Überraschung still. Ein Tropfen Blut quoll aus der Wunde und die Alte ließ ihn in den Topf laufen.

»Blut? Wie ordinär«, kommentierte Halius.

Die Alte sah zu ihm auf. »Nein, nicht von dir. Hier ging es um Ezyas Herz. Sie hat es dir geschenkt, erinnere dich! Von dir brauche ich deine Kette oder vielmehr das Emblem, welches daran befestigt ist.«

»Was? Ein Symbol des Glaubens? Warum?«, fragte Halius überrascht.

»Nicht der Glaube ist der ausschlaggebende Punkt. Es ist die Bedeutung, die der Anhänger für dich hat.«

Halius presste die Lippen aufeinander und verzog die Mundwinkel nach unten. Er bemerkte Ezyas Blick.

»Ich weiß, wie viel dir dieser Anhänger bedeutet, Halius. Du musst das nicht tun«, sprach Ezya.

Der Ritter griff an das Emblem an seinem Hals, drückte es zwischen seinen Fingern hin und her. Dann zog er die Kette mit einem Ruck von seinem Hals. Ezya zuckte merklich zusammen. Noch einmal sah er sich das Glaubenssymbol an. Es hatte ihn so lange Zeit begleitet, war Teil seiner selbst geworden, Teil seines Schmerzes. »*Vialla*«, hallte der Name in seinen Gedanken nach. Er stand auf, hob die Hand und ließ den Anhänger in den Kessel fallen.

Ezya trat an ihn heran. Seine Augen waren auf die runde Öffnung des Metalltopfes gerichtet. Er legte seine Hand auf den Rücken seiner Begleiterin und zog sie an sich heran. Er spürte ihre Wärme und ihren Kopf, der sich sanft an seine Brust schmiegte.

»Jetzt erkläre ich euch den eigentlichen Teil des Rituals. Und der wird vermutlich einem von euch so gar nicht gefallen«, sprach die Alte, während sie den Kessel über der Feuerstelle aufhing.

»Wir sind ganz Ohr.« Halius sah der Frau starr in die Augen.

Diese spitzte die Lippen. »Um den Zauber zu brechen, gibt es ein entgegengesetztes Mal. Es muss auf Ezyas Brust gemalt werden, und zwar mit der Farbe, die ich mit den Zutaten koche.«

Die Frau wandte sich einem kleinen Schrank zu, der neben der Feuerstelle stand, und holte einen Gegenstand hervor. Er sah aus wie ein Bilderrahmen, nur waren es keine Leinen, die zwischen den Streben gespannt waren, sondern etwas anderes. Halius erkannte auf dem Material ein ähnliches Mal, wie er es auf seiner Brust trug.

»Ist das …« Ezya sprach nicht aus, was Halius wahrscheinlich ebenfalls dachte.

»Ja, das ist Menschenhaut.«

»Wer?«, stotterte Ezya.

»Unwichtig, mein Kind. Eine arme Seele, die schon sehr lange verblichen ist. Wichtig ist nur das Mal. Es dient als Muster für Halius, der es auf deine Brust malen muss. Möglichst genau«, erklärte die Alte.

In Halius' Hinterkopf läuteten die Alarmglocken. Das klang zu einfach. »Wo ist der Haken?«

Die Alte hob eine ihrer weißen Brauen in die Höhe. »Ihr beide müsst eine tiefe Verbindung miteinander eingehen, wenn ihr versteht.«

Ezya drückte sich von ihrem Begleiter weg und trat einen Schritt zurück. »Das ist gefährlich. Das geht nicht!«

»Wir sollen miteinander verkehren? Welch ein abartig heidnisches Ritual ist das?«, sagte Halius empört.

Die Frau hob eine ihrer knorrigen Hände. »Nein, es geht nicht um den Akt. Es geht um die Verbindung zwischen euch beiden. Je intensiver euer Innerstes miteinander verbunden ist, desto stärker wirken die beiden Male aufeinander. Das eine zieht euch zueinander und das andere stößt euch voneinander ab. Beide gleichzeitig heben sich auf. Eine andere Möglichkeit wäre, eure Bäuche aufzuschneiden und die Innereien miteinander zu vermengen. Das wäre im Prinzip noch effektiver, aber ihr würdet die Prozedur wohl kaum überleben.«

Halius stieß ein resigniertes Stöhnen aus und sah zu seiner Begleiterin, auf deren Gesicht, wider seine Erwartung, kein Funke Freude zu sehen war.

Sie zuckte nur mit den Schultern. »Schau nicht mich an. Es ich nicht meine Idee! Dir steht frei, jetzt noch einen Rückzieher zu machen.«

Die Buckelige hob daraufhin ihren langen Zeigefinger in die Höhe. »Nein, so einfach ist das nicht. Mit dem Mischen der Reagenzien hat das Ritual bereits begonnen. Wenn es nicht vollendet wird, dann könnte das unvorhergesehene Folgen haben.«

»Und was?«, fragte Ezya mit großen Augen.

Der Kopf der Alten zuckte unwillkürlich hin und her. »Vielleicht verfaulen eure Eingeweide, oder eure Gliedmaßen schrumpfen. Was weiß ich? Es ist bereits Jahrhunderte her, seitdem ich die Schriften gelesen habe. Sie waren recht undeutlich bei ihren Beschreibungen. Aber die Warnung war nicht zu übersehen.«

»Na, toll. Das hättest du uns auch früher mitteilen können.« Halius schnaufte und ließ sichtlich die Schultern sinken.

»Es ist ja nicht so, als dass wir unerfahren wären in diesen Praktiken, oder, Halius?« Daraufhin erntete Ezya einen vernichtenden Blick vonseiten ihres Begleiters.

»Dort drüben ist mein bescheidener Ruhebereich. Einen besseren Ort für das Ritual werdet ihr hier nicht finden. In einer Stunde könnt ihr beginnen.«

Der Schlafplatz wirkte aufgeräumt. Es waren eigentlich
nur ein paar Felle, die auf dem Boden lagen. Der Bereich
wurde von einer dünnen Holzwand abgetrennt, die die
Sicht kaum verdeckte. Die Alte hatte zumindest so viel
Anstand gehabt, sich aus dem Haus zurückzuziehen. In
Halius' Magengegend befand sich ein Loch. Zumindest
hatte er das Gefühl. Er rief sich seine Erinnerungen ins Bewusstsein. Ezya hatte ihn oft in seinen Träumen besucht.
Es war nichts Besonderes daran. Sie reisten bereits so viele
Jahre zusammen durch das Land. Beide hatten sie schon
viel von sich gesehen. Die Buhlteufelin ging ja auch nicht
pfleglich mit ihren Geheimnissen um, dachte Halius. Er
grinste und diese Gedanken halfen ihm tatsächlich seine
Nervosität ein wenig einzudämmen. Er war Hunderte von
Jahren alt. Als Feldherr hatte er Männer und Frauen in den

Tod geschickt und nun scheute er sich vor diesem Akt? Er atmete tief ein und wieder aus.

»Wenn es dir hilft, ich bin auch etwas nervös«, sagte Ezya hinter ihm.

Halius drehte sich um. Seine Begleiterin hatte ihre Kleider abgelegt. Sein Herz schlug schneller und ihm war gewiss, dass sie es bemerkte. Er wollte es nicht, aber seine Augen flogen über ihren Körper. Er musterte ihre Brüste. Dort zwischen würde er das Mal zeichnen müssen. Wie bewerkstelligten sie das am besten? Sie lag am Boden und er würde sich über sie beugen?

Wie zu erwarten, waren Ezyas Gedanken dazu weniger gehemmt. »Du solltest deine Hose auch ausziehen, Halius. Dann lege dich auf die Felle. Ich setze mich auf dich und ziehe die Schultern zurück. Denk daran, diese ekelige Haut in dein Sichtfeld zu stellen, als Muster.«

Der hochgewachsene Ritter pustete. Er ließ die Hosen fallen und verschränkte die Hände vor seinen Lenden. Ezyas Gesichtsausdruck sprach Bände. »Verstecken hilft dir jetzt auch nicht.«

Er hatte auf einmal das Gefühl, bemuttert zu werden. Ihre Art war bestimmend und zielgerichtet. Ihre Worte klar gesprochen und ließen wenig Interpretationsspielraum. Sie wollte es ihm so angenehm wie möglich machen. Das war neu.

Die Felle waren weich und warm. Am Rande seines Blickfelds sah Halius seine Begleiterin. Sie ging in die Knie und setzte sich neben ihn.

Die Dämonin seufzte und ihr Blick folgte Halius' Körper bis zwischen seine Leisten. »Trotz meines Anblicks regt er sich kein Stück.«

»Ich bin nervös«, schnaufte Halius.

Auf Ezyas Miene formte sich ein abschätzendes Lächeln.

Halius wollte gar nicht wissen, was sie jetzt schon wieder im Schilde führte. Er schloss die Augen und zuckte zusammen, als er ihre Hand auf seiner Männlichkeit fühlte. Sie war angenehm warm und strich sanft seine Haut entlang. Ein Ziehen entstand und Halius schnaufte.

Über seine Haut wehte ein Lufthauch, der ihm eine Gänsehaut verschaffte. Der Ritter hob den Kopf und sah an sich herab, in Ezyas Gesicht. »Was wird das?«

»Du sollst jetzt nicht denken, sondern fühlen, Halius. Ohne eine gewisse Härte können wir mit dem Ritual nicht weitermachen«, zischelte die Dämonin. Dort war wieder dieser Singsang in ihrer Stimme, der seine Sinne betörte.

Sie küsste ihn. Wanderte mit ihren Lippen auf und ab. Seine Lust erwachte und das Ziehen in seinem Unterleib wurde stärker. Wieder sah er zu ihr hinunter.

In den Augen seiner Begleiterin brach sich das Licht. Halius' Atem ging schneller. Er öffnete leicht den Mund, Ezya tat es umso mehr. Ihre Hand zog an seinem Schaft und das Gefühl ihrer Zunge umschmeichelte seine Spitze. Halius schnaufte. Er ließ seinen Kopf sinken und schloss die Augen. Sein Körper zog sich zusammen und er fühlte die Wärme ihres Mundes. Ihre Bewegungen zogen an ihm, immer wieder.

»Stopp, hör auf!«, intervenierte er schließlich.

Ezya hob den Kopf, hielt das Objekt ihrer Lust jedoch weiter im Griff. »Vielleicht sollte ich es beenden, dann ist die Gefahr, deine Seele zu verlieren, gebannt. Aber bleibt er lange genug ein Pfahl? Ich bin mir da nicht sicher.«

Halius wedelte mit der Hand. »Los, komm her, damit ich diesen Kreis malen kann. Je schneller wir das hinter uns bringen, desto besser.«

Er konnte es nicht sehen, aber er vermutete in Ezyas Gesicht eine gewisse Enttäuschung. Sie setzte sich auf seine Hüfte, stellte sich auf und ergriff das Körperteil, welches sie die ganzen Jahre so begehrt hatte. Langsam setzte sie sich und Halius fühlte erst einen Widerstand, der dann in einer warmen Umarmung mündete.

Ezya verzog das Gesicht.

»Was ist?«, fragte Halius.

Die Dämonin schüttelte den Kopf. »Es ist einfach lange her und ich konnte dich wohl kaum fragen, ob du es bei mir ebenso tust, wie ich gerade bei dir.«

Halius schwieg und zum Glück fragte ihn Ezya diesbezüglich nicht direkt. Was hätte er ihr auch sagen sollen?

Er spürte, wie sich ihre Hüfte vor und zurück bewegten. Halius sah sie an und legte seine Hände auf ihre Oberschenkel. Sie öffnete die Augen und deutete seinen Blick richtig. »Keine Sorge, aber er sitzt noch nicht richtig und deine Proportionen fühlen sich anders an.«

»Du hast doch gerade erst ein Abenteuer hinter dir«, entgegnete Halius.

»Ja, in deinen Erinnerungen. Aber das ist eben nicht die Realität, wenn du verstehst.«

»Ich hätte vermutet, eine Buhlteufelin hat da weniger Probleme«, entgegnete Halius daraufhin.

Seine Partnerin stemmte ihre Hände auf seine Brust. »Du hast noch nie viel Ahnung von Frauen gehabt. Ich frage mich tatsächlich, was Vialla in dir gesehen hat.«

Halius senkte den Blick und Ezya schob daraufhin kleinlaut nach. »Entschuldige.«

»Ich habe Angst, Ezya. Ich habe Angst, Vialla zu verraten, verstehst du mich?«

Ezyas Bewegungen stoppten abrupt. Sie sah Halius durchdringend an und zog die Mundwinkel nach unten. »Ich habe nie daran gedacht, dass das ein Grund sein könnte.« Ihr Blick wanderte durch den Raum, bis er sich wieder auf Halius einstellte. »Ich habe das Bild von Vialla kennengelernt, welches du in dir trägst. Du kanntest sie gut. Ich spreche nicht aus Eigennutz, wenn ich das sage. Aber sie war ein wundervoller Mensch. Sie war lebensfroh und sie hat dich über alles geliebt, Halius. Dort ist etwas in mir zurückgeblieben. Von ihr. Und seitdem sehe ich die Welt mit anderen Augen. Sie ist farbenfroher und unbeschwerter. Ich glaube, nein ich weiß, dass sie dir nur das Beste gewünscht hätte. Und wenn du sie in ihrer Welt, ihrem Himmel, oder was auch immer es ist, treffen solltest, dann wird sie dich mit offenen Armen empfangen. Egal, welche Entscheidungen du getroffen hast. Und egal, welche weiteren Menschen du in dein Herz gelassen hast. Aber was sie nicht verstehen wird, ist der Zorn und die Verbitterung in deinem Inneren. Diese würden sie traurig machen.«

Der stämmige Ritter schloss für einen Moment die Augen und schluckte die aufkommenden Emotionen hinunter. Wohl eher schlecht als recht, denn Ezya sah ihn mit glasigen Augen an. Sie beugte sich vor und umfasste seinen Kopf, während sie sich an ihn schmiegte. »Ich meinte es so, wie ich es gesagt habe. Ich liebe dich, Halius. Und wenn das bedeutet, dich ziehen zu lassen, dann hast du meinen Segen. Egal, wie du dich entscheidest, bei mir wirst du immer einen Dämon haben, auf den du zählen kannst. Wir sind verbunden. Sei es durch ein Mal oder nur durch Freundschaft.«

Halius nahm den Kopf seiner Partnerin in beide Hände und drehte ihn zu sich. Er spitzte die Lippen und gab ihr einen Kuss auf die ihren. Sie erwiderte, stemmte sich dann jedoch hoch. Ihre Augen suchten etwas in ihm. Halius wusste nicht, ob sie fündig wurde, doch ein Lächeln stahl sich in ihre Züge.

»Beweg deine Hüfte«, sagte der Ritter plötzlich, »ansonsten müssen wir von vorn anfangen und bis dahin treten vielleicht schon diese unvorhergesehenen Komplikationen auf.«

»Du meinst, unsere Glieder könnten verschrumpeln?« Die Dämonin lachte.

Halius grinste. »Halt den Mund und beweg dich.«

Die Farbe oder besser gesagt schleimige Substanz fühlte sich widerlich an. Halius hätte seine Empfindung nicht in Worte fassen können, doch er war sich sicher, irgendetwas stimmte damit nicht. Das war nichts, was etwas in dieser Welt zu suchen hatte. Dennoch schmierte er das pechschwarze Gel auf Ezyas Brust. Ein Kreis, so rund wie ihre Berge, dachte er. Sein Finger berührte ihre Gipfel und Ezya biss sich auf die Unterlippe. Ihre feinen Härchen stellten sich auf und Halius erwischte sich dabei, wie er den Kreis nachzog, nur um noch einmal den Zenit ihrer Weiblichkeit zu berühren.

In den Augen seiner lebendigen Leinwand blitzte es auf. »Mach weiter mit den Runen. Ich kann das Pulsieren in mir spüren. Denk an deine Seele.«

Zeichen, die der Ritter in all der Zeit seiner Existenz noch nie gesehen hatte, reihten sich an den inneren Rand des Mals. Komplexe Strukturen, bei deren Entwurf er sich mehr als einmal zusammenreißen musste, um nicht die Konzentration zu verlieren.

Dann war er so weit. Ein letzter Punkt wurde gesetzt und das Werk war vollendet. Die beiden Wanderer sahen sich wie erstarrt an. Was passierte jetzt?

Die Veränderung in der pechschwarzen Masse war kaum wahrzunehmen. Die Farbe stellte sich auf, bildete feine Spitzen, die sich in Richtung des Mals auf Halius' Brust reckten. Plötzlich gewann die Zeichnung an Tiefe und Ezya verzog das Gesicht. Sie stöhnte, nicht vor Lust, sondern vor Schmerz! Halius war im Begriff, sich aufzurichten, doch er wurde wie von Geisterhand zurück auf die Felle gedrückt. Etwas zog an seinen Lenden. Ihm war so, in Ezya hineingezerrt zu werden. Die Farbe wandelte sich und entwickelte ein Strahlen. Wie gleißend helles Feuer brannte es sich in die Oberfläche von Ezyas Brust.

So schnell es gekommen war, so schnell verging es wieder. Das Leuchten erlosch, wie auch das Ziehen. Verwirrt sah sich Halius um.

Das Mal auf der Haut der Dämonin war verschwunden. Ihre Augen wurden groß und dann erschien ein Strahlen in ihrem Gesicht. Halius prüfte seinen Körper. Es war fort. Das Mal war nach all den Jahren endlich fort.

»Wir sind frei! Wir haben den Zauber gebrochen, Halius!« Ezya lachte ausgelassen und auch der Ritter konnte sich ein breites Grinsen nicht mehr verkneifen.

Die Buhlteufelin stieg von ihm ab wie von einem Pferd und setzte sich wieder neben ihn. »Und jetzt? Was machen wir jetzt?« Ezya runzelte die Stirn. »Darüber haben wir uns noch nie Gedanken gemacht.«

»Auch wenn wir jetzt frei sind, ist unsere Reise noch nicht zu Ende. Wir gehen weiter«, sagte Halius.

Der Strich von Lippen in ihrem Antlitz verzog sich nach unten. »Dann ändert sich nichts?«

»Ich glaube, es hat sich bereits viel geändert. Verzage jetzt nicht und genieße den Erfolg, den wir hatten.«

Der Mund von Ezya wölbte sich daraufhin nach außen. »Gut, ich werde den Erfolg genießen. Du auch?«

Halius runzelte die Stirn und verspürte gleich darauf wieder eine warme Hand zwischen seinen Lenden. »Sag mir die Wahrheit! Und wehe, du lügst, das merke ich. Wie schafft es ein Mann, egal, ob Heiliger oder nicht, so lange mit einer Teufelin wie mir zu reisen und ihren Avancen standzuhalten?«

Ihre Hand umfasste seinen Schaft und bewegte sich langsam auf und ab. Halius versuchte sich zu winden, doch die Teufelin erhöhte die Kraft in ihren Fingern. Er verzog das Gesicht und seinem Munde entkam ein lustvolles Brummen. »Ich hatte meine Methoden und Momente, in denen du nicht in Sicht warst«, gestand er gehorsam und lugte daraufhin mit einem Auge in Ezyas Gesicht.

»Oh, du bist in den Wald gegangen. Und das als Ritter des Glaubens!«, empörte sie sich spielerisch.

Ihre rhythmischen Bewegungen wurden schneller und in Halius loderte es. Wie ein Schwelbrand, der kurz davorstand auszubrechen.

»Hast du es dir mit mir vorgestellt, als du es gemacht hast? Oder war es Vialla? Oder uns beide, gleichzeitig?«, zischelte die Teufelin.

»Ezya, du m-musst …« Seine restlichen Worte wurden von einer Zunge erstickt, die sich einen Weg zwischen seine Lippen bahnte. Er schnaufte im Einklang der

Kontrakturen seiner Lenden. Ezyas Bewegungen wurden sanfter und verloren an Geschwindigkeit. Ein Zittern durchzog Halius' Leib, jedes Mal, wenn sie mit ihrem Daumen seine Spitze umspielte.

Nach einer gefühlten Ewigkeit löste sie sich von Halius' Lippen und setzte sich wieder auf. Der Ritter blinzelte. Ein warmes Gefühl breitete sich in seinem Körper aus. Er fühlte sich, als ob er schweben würde.

Die Hand an seinen Lenden hob sich langsam und Ezya musterte seinen Körper mit einem abschätzenden Blick. »Ich hätte mehr erwartet.«

»Es war nicht viel Zeit vergangen«, entgegnete Halius.

Ezya hob ihre Brauen in einem übertriebenen Ausdruck der Erkenntnis. »Viallas Erinnerung! Da ging wohl ordentlich was in die Hose.« Ihren Worten folgte ein gehässiges Kichern.

Halius knurrte.

Seine Begleiterin richtete sich weiter auf und hob die Hand. Diesen Ausdruck in ihren Augen kannte der Ritter nur zu gut. Langsam streckte sie die Zunge zwischen ihren Lippen hervor in Richtung ihrer Finger.

»Blasphemisches Biest, du!« Mit einer schnellen Bewegung kniff Halius der Teufelin in ihr Hinterteil. »Hinfort mit dir!«

Ezya lachte ausgelassen, sprang auf und lief daraufhin aus dem Schlafbereich der Hütte.

Entscheidungen

Die Augen des Ritters folgten den Bewegungen seiner Begleiterin, die zwischen dem eingestürzten Schuppen und dem Holzverschlag tanzte. Die Schritte und Drehungen waren ihm bekannt. Sie stammten von ihrem Tanz in der Taverne. Ezya drehte sich. Ihre Haare wehten wie ein schwarzer Fächer auseinander, bis sie ihr wieder in ihr Gesicht fielen. Das Lächeln auf ihren Zügen war ihm gewidmet. Sie strahlte förmlich und ihre Augen versprühten eine Kraft, der Halius sich nur schwer entziehen konnte.

»Sie ist wie ausgewechselt, findest du nicht?«

Die Aufmerksamkeit des Ritters blieb auf dem tanzenden Mädchen haften. So wirkte sie auf ihn, unbeschwert und mit einer Spur Unschuld in ihrer Erscheinung. »Was wirst du jetzt tun?«

»Meine Reise ist an ihr Ende gekommen. Ich verbleibe in meiner Hütte und wenn ich die Kraft dazu aufbringen kann, irgendwann, dann hoffe ich auf einen wohlwollenden Empfang bei meiner Familie«, antwortete die Alte.

Halius drehte sich zu ihr, musterte sie. »Ich kann dir nur Erfolg bei deinem Vorhaben wünschen.«

Die alte Frau nickte mit einem Lächeln auf den Lippen. Schenkte ihm eine Art Zuversicht, denn Halius fühlte sich auf einmal bestärkt. Der Pfad, auf dem er wandelte, war schmal. Aber es war der richtige und er würde ihn aus dieser Dunkelheit und Hoffnungslosigkeit herausführen. Ezyas Worte hatten etwas in ihm ausgelöst. Sie hatten eine Wand zum Einsturz gebracht, alt und dick. Er fühlte sich leichter. Aber der Grund dafür entsprang, anders als bei Ezya, nicht aus dem Bruch des Mals. Es war eine Schuld, die von ihm genommen worden war. Eine Schuld, die er sich selbst auferlegt hatte. Doch dieses Wesen, diese Dämonin, dieser Mensch, sie hatte den ersten Schritt dazu vorbereitet. Das, was er erst als Drängen verstanden hatte, das war in Wahrheit eine Erlösung, ein Licht in der Dunkelheit seiner Seele gewesen. Es war keine Dankbarkeit, die er gegenüber Ezya empfand. Es war weit mehr als das.

Seine Begleiterin schlich auf ihn zu. Ihre Hände hinter ihrem Rücken verschränkt. Ihr Gang, eine Symphonie aus Eleganz und Anmut. Sie schlug die Augen auf und er verlor sich in ihren Tiefen.

»Wo ist die Alte? Hat sie noch etwas gesagt?«, fragte Ezya.

Halius setzte sich in Bewegung und hielt Ezya die Hand hin. Ihre Finger berührten seine Haut und er umschloss sie sanft. »Nein. Sie hat uns ihren Segen geschenkt.«

Noch einmal sah er sich über die Schulter. Die Tür der Hütte war geschlossen. Kein Licht oder Rauch war mehr zu sehen. Nur die Silhouetten der Bäume des Waldes, die sich wie Fangarme über die Bauten streckten. Er würde die

Alte wiedersehen. Vielleicht nicht in dieser Form, aber irgendwann.

»Halius! Sieh dir das an! Dort scheint Licht durch die Blätter«, rief Ezya.

Und tatsächlich. Das Blattwerk des Waldes schimmerte in einem hellgrünen Schein. Zwischen einigen Ästen drang ein Lichtstrahl auf den Weg, dem sie folgten. Ezya lief ein Stück vor und hielt ihr Gesicht in die zaghafte Flut von Hoffnung. Ihre blasse Haut funkelte.

»Es ist warm!«

»Dann pass auf, keinen Sonnenbrand zu bekommen.«

»Was ist Sonnenbrand?«, fragte Ezya verdutzt.

Halius lachte ausgelassen und die Dämonin hob misstrauisch eine Braue. Ihr Kiefer bewegte sich hin und her. Dem Ritter war klar, sie heckte wieder etwas aus. Vielleicht einen ihrer feurigen Sprüche. Und dieses Mal hätte Halius ihn sogar begrüßt, stellte er verwundert fest. Doch anstatt etwas zu sagen, ergriff sie seine linke Hand und umfasste seine Hüfte.

»Du wirkst glücklich. Das fiel schon der Alten auf«, sagte Halius und legte seine Hand auf den Rücken seiner Tanzpartnerin.

»Bin ich das? Ich fühle mich … Ich glaube, das richtige Wort ist unbeschwert.«

Sie machte eine Drehung und Halius wäre fast ins Stolpern gekommen. »Der Mann führt.«

»Wer hat das bestimmt?« Dort lag eine deutliche Note Herausforderung in ihrem Gesichtsausdruck.

And there was one time
I knew where I was going
The time was faster flowing
And let me never knowing, where you are

> *In your face*
> *I see your soul is glowing*
> *The love in you is burning*
> *Your passion never ending*

Der Wald um Halius drehte sich, doch seine Augen hatten nur einen Fixpunkt, die ihren. Er machte einen Schritt zur Seite und Ezya ging wie von selbst in eine Drehung über.

Your touch, your hips, and your breath that make me shi-ver
There's passion in me, that force us pull together

> *Yes I knew I could never leave you*
> *You would come back to me forever*
> *A fact that I never asked for*
> *And a understanding I won't forget*

The time has changed
And I am stucked in darkness
My heard is beating hopeless
And your light was brighter shining, shimmering warm

> *In the storm we now standing*
> *Each of us is glowing*
> *Our love is just forbidden*

> *My heart it breaks*
> *And my knees it shakes*
> *The point you say »baby don't go«*

Beide kamen zum Stehen und Halius blickte in Ezyas Augen. Sie näherte sich mit Bedacht. Gab sich Zeit. Er ließ ihre Lippen die seinen berühren. Sagte nichts, sein Widerstand war schon lange gebrochen.

Your touch, your hips, and your breath that make me shiver
There's passion in me, that force us pull together

> *Yes I knew I could never leave you*
> *You would come back to me forever*
> *A fact that I never asked for*
> *And a understanding I wont forget*

Die beiden Wanderer folgten dem Weg. Der Himmel brach auf und über ihren Köpfen strahlte das Licht der Sonne durch die rissige Wolkendecke. Richtung Horizont stieg Nebel auf. Schwaden tanzten über den Boden des Ackers, der vor ihnen lag. Ein aufgewühlter Morast, durchzogen von gesplittertem Holz, Metall und Fleisch.

Halb versunken im Boden lagen sie. Klagten und weinten, sagten nichts. Männer und Frauen, ihre Körper gebrochen und grotesk verformt.

Ezyas Hand griff nach Halius. »W-was ist das hier?«

Halius schluckte. Er wusste, wo sie sich befanden. Das war ein Schlachtfeld. Verlorene Seelen, die die Niederlage des Glaubens nicht wahrhaben wollten. Es nicht konnten. Immer wieder ihr Scheitern erlebten. Das waren keine Menschen mehr, dachte Halius und in seinem Herzen hallte das Echo eines Schmerzes wider, den er lange vergessen hatte. »Jahre nach dem Untergang der Festung erhoben sich die Völker und bekämpften die Ausbreitung des Glaubens mit aller Macht. Sie erkannten ihre Gelegenheit auf Freiheit. Doch es sollte ein ewiger Krieg werden, in dem es keine Gewinner oder Verlierer gab. Das hier ist nur ein winziger Ausschnitt des Leids, den Amlika-Vasch über das Land gebracht hat. Trägt sie die Schuld? Ich zweifle mittlerweile daran.«

Ezya wandte sich ihrem Begleiter zu. In ihrem Gesicht spiegelten sich Erkenntnis und Zweifel. Ein Kampf, der Halius in den Untergang geführt hatte. Doch Ezya war jetzt nicht allein. Er war bei ihr und sie würden diesen Acker des Todes überqueren. Sie würden weitergehen, als je ein Mensch zuvor. Sie würden es ertragen und aus ihrem Schrecken würde eine Stärke erwachen, die ihresgleichen suchte.

Unter ihren Hufen schmatzte der Morast. Zum Glück regnete es nicht auch noch. Das verheißungsvolle Licht über der Wolkendecke stand im strengen Kontrast zur Szenerie des Leids, durch welche sie sich bewegten.

Hände reckten sich nach ihnen. Soldaten des Glaubens, die fast vollständig in der Erde versunken waren. Gesichter, vom Schmerz verzerrt und kaum noch menschlich.

Halius blieb stehen. Eine Hand hatte seinen Stiefel gepackt. Der Mann im Boden japste nach Luft. Er sah auf und dem Ritter des Glaubens ins Gesicht. »Vergebt mir. Bitte vergebt mir, mein Lord.«

Ihr Begleiter ging in die Hocke und entfernte die Hand des Mannes sanft von seinem Knöchel. Doch er ließ sie nicht los, sondern packte sie in einem Akt der Freundschaft. Zwei Soldaten, die sich nach langer Zeit wiedertrafen, dachte Ezya. Sie bewunderte ihn. Er war so anders. So herzlich. Selbst jetzt lag ein sanftes Lächeln auf seinen Lippen.

Halius sprach leise und langsam. »Ich vergebe dir, mein Freund. Die Schlacht ist verloren, doch unsere Kameradschaft bleibt bestehen. Denn nichts kann uns trennen. Und sollte der Tod es versuchen, so vereint er uns doch nur im nächsten Leben.«

In den Augen des Soldaten funkelte ein Licht. Von seinen Gesichtszügen schien eine Last zu fallen, die Ezya zuvor nicht hatte fassen können. Er sah ihr direkt ins Gesicht. Da war kein Schrecken über ihren Anblick. Keine Furcht vor einem Dämon. Da war nur Zuversicht zu erkennen.

Der Boden gab ein saugendes Geräusch von sich. Halius ließ die Hand des Soldaten los und er versank im Morast, verschwand auf ewig.

»Ist er …«

»Er ist frei, an einem besseren Ort als diesem. Wir sollten weitergehen«, unterbrach Halius sie.

Ezya verharrte noch einen Moment und musterte die Erde, in der der Mann verschwunden war. Anschließend holte sie ihren Begleiter schnellen Schrittes wieder ein und setzte sich hinter ihn. An einen gemeinsamen Gang war nicht zu denken. Etwas sagte der Dämonin, den Weg zu verlassen, wäre nicht ratsam.

Sie wanderten an zerstörten Kriegsmaschinen und Pferdewagen vorbei. Von Tieren war keine Spur zu sehen. Ein Mann zog mit einem Seil an dem hinter ihm stehenden Karren. Dieser war hoffnungslos im Matsch versunken. Er schien sie nicht zu beachten. Ging weiter seinem aussichtslosen Unterfangen nach. Jede Hölle war anders, dachte Ezya.

Der Boden wurde fester und zwischen einigen Wasserpfützen erkannte Ezya Gras wachsen. Das war ein Plateau, stellte sie fest. Ihr Blick schweifte in die Ferne. Der Nebel verdeckte die Sicht, doch ihr war so, auf einem entfernten Hügel eine Fahne flattern zu sehen. Nur ein Schatten im Lichte der Sonnenstrahlen, die vom dichten Dunst am Boden geschluckt wurden.

Halius hob eine Hand und Ezya wäre fast in seinen Rücken gelaufen. Sie konnte die Anspannung an seinem Leib förmlich spüren.

»Du wirst den Mund halten. Hast du verstanden?«, sagte er plötzlich.

»Was ist? Warum …« Ezya verstummte, nachdem sie die Schemen sah, die im Nebel auftauchten. Sie kamen in ihre Richtung. Ihr war so, einen sonderbaren Klang zu vernehmen. Eine Glocke oder etwas Ähnliches. Je näher die Personen kamen, desto lauter wurde das Geräusch.

Die junge Dämonin traute ihren Augen kaum. Was dort auf sie zuschritt, hatte etwas Wunderliches an sich. Sie zählte insgesamt fünf Personen. Die drei Soldaten erkannte sie an ihren Eisenhüten, deren vordere Krampen nach oben gebogen waren. Die typische Kopfbedeckung eines einfachen Infanteristen.

Es folgte eine in die Länge gezogene Figur in Robe. Sie musste einmal reichlich verziert gewesen sein. Weiß, mit bestickten Goldrändern abgesetzt. Nun war es nur noch zerschlissener Stoff, der einen ausgemergelten Körper bedeckte. Die Statur des Mannes war nicht kräftiger als die der Soldaten. Sie war dennoch gut zwei Köpfe größer. Auf ihrem Haupt thronte eine hochgezogene Mitra, auf der die Ikone des Glaubens aufgestickt war. Die Arme des Mannes passten sich seiner Größe an und wirkten viel zu lang. Mit seinen Händen hielt er eine an einem Seil befestigte Glocke, aus der dichter Rauch strömte. Das groteske Bild wurde von seinen zusammengenähten Augenlidern abgerundet. Ein Gesicht des Schreckens, dessen hervorstechenden Wangenknochen und der schief offenstehende Mund dem Anblick das Tüpfelchen aufsetzten.

Doch Ezyas Aufmerksamkeit wurde auf die Person rechts des Priesters gelenkt. Der Statur nach war sie männlich, doch das konnte auch täuschen. Ein brauner Fellumhang legte sich über die Schultern des Ritters mit Funeralhelm. Beine und Arme wurden von einer unvollständigen Plattenrüstung geschützt. Auf der Brustplatte war die ihr bekannte Ikone abgebildet.

Das war nicht möglich, stellte Ezya erschrocken fest. In diesen Gefilden konnte unmöglich ein weiterer Ritter des Glaubens gefangen sein.

»Halius, ist er das, was ich denke?«, fragte sie ihren Begleiter.

Dieser zog sein Schwert. »Halt den Mund und halte dich zurück.«

»Das Licht des Glaubens verbrennt jene, die mit dem Feind verkehren, Ketzer. Tu Buße und der Glaube führt dich zur Wahrheit. Ich bin Richter und Geschworener. Sieh in mein Licht und verzweifle!« Die Stimme des Priesters war schrill und Ezya hatte den Eindruck, er war dem Wahnsinn näher als der Vernunft.

Halius schritt auf die Gruppe zu. »Ich wurde vom Licht berührt. Meine Reise duldet keinen Aufschub, keine Verzögerung. Dieser Kampf hier ist bereits verloren. Geht und findet Frieden, meine Freunde.«

Die Soldaten wechselten verunsicherte Blicke miteinander. Ihre Gesichter verzogen sich zu einem scheußlichen Grinsen und aus ihren Mündern ertönte ein kichernder Chor.

»Ich sehe kein Licht in deinem Antlitz, Wanderer. Deine Zunge ist gespalten. Du bist einer Sünde verfallen. Ein Spielzeug dieser Hure der Lust. Armes Geschöpf. Nur das Feuer wird dich reinigen!«, erwiderte der Priester.

Da erinnerte sich Ezya an die Worte der Alten. Das Mal wurde entfernt und infolgedessen die Macht des Ritters, wenn auch nicht für immer. In ihr drängte sich der Verdacht auf, nicht zufällig gerade jetzt auf diese Männer zu treffen.

Der Ritter trat vor und zog sein Schwert sowie einen Dolch aus seinem Waffengürtel. Halius spannte sich und hob seine Waffe.

»Du wirst nicht eingreifen, Ezya. Hast du verstanden?«, sprach Halius ernst.

»Was, warum? Ich kann dir helfen.«

»Nein, keine Widerworte mehr. Vertrau mir, wir kommen hier nicht mit roher Gewalt weiter. Noch nicht. Wähle das Leben, Ezya.«

Die junge Dämonin verstand die Botschaft in Halius Worten. Ohne die Kraft, die ihn als Ritter des Glaubens ausmachte, würde selbst Halius diesem Gegner unterlegen sein. Auch wenn es gerade nicht so aussah, er legte sein Leben in ihre Hand und nicht umgekehrt.

»Die arme Seele muss geläutert werden. Die Hure der Lust wird brennen und damit auch ihr Bann über dich.« Der Priester deutete mit einem Kopfnicken auf Halius. »Schmerz schenkt dir Kraft. Begebe dich in die Obhut des Glaubens und schließe Frieden mit deinem Schicksal.«

Der feindliche Ritter ging zum Angriff über. Er sprang auf Halius zu, rollte sich ab und stand damit genau vor ihm. Sein Dolch blitzte auf, doch Halius konnte noch rechtzeitig einen Ausfallschritt nach rechts machen. Die Klinge des Ritters drang ins Leere und Ezyas Begleiter führte prompt einen Schlag mit seiner Waffe aus.

Der Ritter mit dem braunen Umhang war übermenschlich schnell. Er parierte den Schlag und konterte mit einem

Gegenangriff. Die Klingen der beiden Kontrahenten prallten ein paarmal aufeinander. Das Metall ihrer Waffen schlug Funken.

Der Ritter versetzte Halius einen Tritt mit dem Stiefel, der ihn zurücktaumeln ließ. Doch der Wanderer ließ sich nicht aus der Ruhe bringen. Den Fall seines Gegners erahnend, schlitterte der Ritter auf Halius zu. Die Klinge seines Schwertes hätte den Wanderer fast durchstoßen, doch dieser drehte sich just in dem Moment um seine eigene Achse und versetzte seinem Gegner einen Schlag.

Der Ritter taumelte, drehte sich um, doch Halius' Angriffsfolge trieb ihn vor sich her. Dann hörte Ezya wieder Metall aufeinandertreffen und ein Licht stach in ihre Augen. Wie ein Blitz sah es aus, als Halius' Klinge den Helm seines Kontrahenten streifte und eine tiefe Furche im Rüstungsmaterial hinterließ. Der Ritter ergriff die Flucht, sprang zur Seite und rollte sich geschickt ab.

Weder in Halius' Ausdruck noch in der Körperhaltung seines Gegners, konnte Ezya Rückschlüsse auf die Kraftreserven der Kämpfer ziehen. Halius drehte sein Schwert in der Hand und nahm Haltung an. Der Ritter ging erneut zum Angriff über. Das Metall schepperte und Halius konnte mehrere Schläge ablenken, war jedoch in der Defensive.

Es ging so schnell, dass Ezya nicht hätte sagen können, was geschehen war. Halius packte den Arm des Ritters, verdrehte ihn und trat gleichzeitig gegen sein linkes Knie. Der Gerüstete verlor daraufhin den Stand und brach ein. Halius schlug von oben zu, sein Gegner hob den noch freien Arm und blockte. Dann stemmte er sich mithilfe seines verdrehten Arms in die Höhe, ließ sich fallen und beförderte Halius mit Schwung über seine Schulter. Beide rollten in einem wirren Klumpen Metall über den Boden und der Ritter blieb auf Ezyas Begleiter liegen. Er versetzte ihn mit dem Ellenbogen einen Stoß, sodass Halius seinen Griff löste. Ehe sich der Wanderer versah, stand sein Kontrahent über ihm und stach mit seinem Dolch zu.

Aus Ezyas Mund drang ein erschrockener Schrei und der Ritter hob den Kopf. Dann zog er seinen Dolch aus Halius' Seite.

Die Dämonin preschte auf die Gruppe zu. Ein Soldat reagierte schneller als seine Kameraden. Er stellte sich ihr in den Weg. Die Teufelin reagierte fast instinktiv. Die Panik in ihr hatte die Kontrolle übernommen. Ihr Schwanz schnellte durch die Luft und spießte den Mann auf. Der Schwung des Angriffs schleuderte ihn durch die Luft und er fegte einen seiner Brüder von den Füßen. Der dritte Soldat schwang sein Schwert. Die Spitze von Ezyas Hinterteil traf auf die Klinge und ein Klirren war zu hören. Dann drehte sie sich, sprang auf ihre Hände und trat mit beiden Hufen in Richtung des Mannes. Dieser teilte das Schicksal seines Kameraden und flog mit einem Schmerzensschrei davon.

Ezya ging in einer fließenden Bewegung in die Knie, sah auf und bekam einen Schlag gegen den Kopf. Ihre Sicht verschwamm. Sie drückte ihre Finger gegen den Schmerz und fühlte etwas Warmes ihre Handfläche hinunterlaufen. Sie kam nicht dazu, noch einmal aufzusehen. Der Ritter vor ihr schlug ein zweites Mal zu und legte ihr Bewusstsein schlafen.

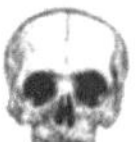

»… denn ihr werdet sehen und fühlen. Frei von der Last eurer Sünden.«

Das Gebet holte Ezyas Bewusstsein zurück. Ihr Kopf schmerzte, doch sie biss die Zähne zusammen. Vorsichtig betastete sie ihren Kopf. Das Blut auf ihrer Hand war bereits getrocknet und sie hatte kein Empfinden darüber, wie lange sie ohnmächtig gewesen war. Neugierig sah sie auf.

Es war ein Zelt, in dem sie sich befand. Ein recht großes, wenn sie ihrer Einschätzung traute. Die rote Farbe des Stoffes war mit schwarzen Streifen abgesetzt und an einigen Stellen verblichen und schmutzig. Sie befand sich in einem Käfig, ausgelegt mit Stroh. Langsam stemmte sie sich zurück auf die Hufe.

Ihr Gefängnis war mannshoch, sodass sie aufrecht stehen konnte. Etwas schnürte an ihrem Huf, ein Ring, an dem eine eiserne Kette angebracht war. Diese wiederum war mit dem Rahmen des Käfigs verschweißt.

Ihre Kleider waren ihr genommen worden. Ein Ausdruck dessen, was der Glaube von Kreaturen wie ihr hielt. Langsam beugte sie sich hinab und zog an dem Ring um ihren Knöchel. Auf ihm befanden sich Runen und auf einer Seite war eine Einkerbung zu sehen. Hier musste so etwas wie ein Schlüssel hineingesetzt werden. Mit ihrer

Muskelkraft allein würde sie sich nicht befreien können. In den Büchern der Bibliotheken hatte sie von dieser Dämonenfessel gelesen. Jetzt selbst an eine gebunden zu sein, machte das Utensil zu einem perfiden Instrument. Die Faszination, die sie als Kind für die Zauberei entwickelt hatte, kam ihr jetzt albern und dumm vor.

Das Rascheln des Strohs musste sie verraten haben, denn der Stoff am Eingangsbereich des Zeltes wurde zur Seite gezogen und ein Mann trat ein. Zu Ezyas Überraschung war es kein Soldat. Der noch recht junge Mann trug eine braune Robe, die mit einer Kordel zusammengebunden war. Vielleicht war er eine Art Mönch.

Er näherte sich und musterte die Dämonin eine Zeitlang. Nachdem sie beide Arme vor ihre Brust gelegt hatte, wandte der Mann verlegen den Blick von ihr ab. In seiner Hand hielt er einen Becher aus Metall.

»Hier. Das ist etwas Suppe, die ich gekocht habe.«

Die Stimme des Mannes klang weich und auch seine Gesichtszüge wirkten weniger verbraucht als die der Menschen, die Ezya und Halius bisher getroffen hatten. Die Dämonin empfand sein Äußeres sogar als ansehnlich. Das war sonderbar, bemerkte sie in Gedanken.

Sie tat einen Schritt auf die Gitterstäbe zu und griff nach dem Becher, den ihr der Mann durch die Metallstangen reichte.

»Du scheinst keine Angst vor mir zu haben«, sagte sie und roch an der Flüssigkeit.

Der Mann schluckte und sein Blick wanderte immer wieder von ihren Augen hin zu ihrer Brust und ihren Beinen. »Ich habe deine Wunde gesäubert. Sie müsste inzwischen aufgehört haben zu bluten.«

»Danke. Wo bin ich hier?«, fragte Ezya.

»Im Heerlager. Zumindest das, was davon noch übrig ist.«

»Ich war nicht allein. Mein Begleiter, wo ist er?«

Der junge Mann hob die Brauen. »Ich darf nicht mit dir sprechen und du wirst von mir keine Informationen bekommen.«

Ezya hob eine Hand und trat einen weiteren Schritt auf die Gitterstäbe zu. Die Kette an ihrem Fuß hielt sie zurück. Der Mann wich von ihr. »Bitte! Ich muss wissen, ob er noch lebt.«

Ihr Gegenüber schien einen Moment zu überlegen. Dann schnaufte er schließlich und nickte. »Er ist momentan stabil. Seine Wunde wurde versorgt. Aber ob er überleben wird …« Er machte eine Pause und sprach dann weiter. »Tut mir leid.«

Ezya stieß ein Seufzen aus und setzte sich im Schneidersitz in das Stroh. Nach einer Zeit der Stille sprach der Mann weiter. »Wie ist dein Name?«

»Ezya. Und du?«

»Es heißt, wenn man seinen Namen einem Dämon verrät, stiehlt er einem die Seele. Stimmt das?« Er ging in die Knie und sah Ezya in die Augen.

»Ich weiß nicht, ob das auf einige Dämonen zutrifft. Ich bin nicht so.«

»Ich heiße Salm.«

Ezya lächelte. »Warum hast du keine Angst vor mir, Salm?«

Die Augen des Mannes wanderten hin und her. »Ich weiß nicht. Du wirkst auf mich nicht wie in den Beschreibungen der Schriften. Du bist verletzlich. Du blutest.«

»Was ist deine Aufgabe hier?«, fragte Ezya.

Salm machte sich gerade. »Ich bin Novize. Irgendwann werde ich zum Priester geweiht. Ich halte Wache bei dir. Es ist eine Prüfung, die mir auferlegt wurde.«

»Warst du es, der mich ausgezogen hat?«

Salm schluckte sichtlich. »Deine Verkleidung als Mensch ist falsch in den Augen des Glaubens. Es ist eine Lüge, mit der du die Menschen in deinen Bann ziehst.«

Ezya stellte ihren Becher neben sich und stand auf. »Dann ziehe ich dich jetzt weniger in meinen Bann? War es leicht für dich, mich zu entkleiden, Salm?«

Der Mann tat es gleich und erhob sich ein wenig zu schnell, was Ezya seine Unsicherheit offenbarte. »Es war meine Aufgabe. Ich habe sie gewissenhaft erledigt.«

Die Teufelin hob ein wenig ihr Kinn und hielt ihren Blick weiter auf Salm gerichtet. »Du findest mich abstoßend, nicht wahr?«

»Nein! Also ... ich meine ... ich bin ein Mann des Glaubens. Ich sehe die wahre Natur der Dinge«, stotterte Salm.

»Und was siehst du in mir?«, fragte Ezya weiter.

Die Augen ihres Gegenübers verengten sich. »Ich sehe eine Frau, die sich Sorgen um ihren Kameraden macht. Er stand nie in deinem Bann, nicht wahr?«

Ezya schnaufte. Mit so viel Reflexionsfähigkeit hatte sie bei einem Menschen hier nicht gerechnet. »Nein, tut er nicht. Wie hast du das erkannt?«

Salm trat vor die Tür des Käfigs und sah Ezya in die Augen. »Wie ich schon sagte. Ich sehe Dinge. Ich sehe sie so, wie sie wirklich sind.« Er wandte sich um und sah noch einmal in Ezyas Richtung. »Wir sollten nicht miteinander sprechen.«

Die junge Dämonin umfasste die Gitterstäbe. »Mein Freund, er muss überleben, bitte. Ich muss zu ihm!«

Salm schwieg und verharrte noch einen Moment. Ezya hatte bereits den Eindruck, er würde auf ihre Bitte eingehen, doch dann verließ er einfach das Zelt.

Stille kehrte ein. Eine seltsame Stille, die Ezya als falsch empfand. In einem Heerlager sollte es mehr Betrieb geben. Soldaten sollten sich miteinander unterhalten, beten oder lachen. Doch von außerhalb des Zeltes drang kein Laut nach innen.

Die Suppe schmeckte salzig und machte Ezya durstig. Aus Mangel an Alternativen legte sie sich ins Stroh und verdeckte ihren Körper. Ein merkwürdiges Gefühl, dachte sie. Es hatte ihr nie Probleme bereitet, Haut zu zeigen. Kleidung war ihr unangenehm gewesen und obwohl Halius sie streng ermahnt hatte, nicht nackt mit ihm zu reisen, hatte sie jede Gelegenheit genutzt, diesen unnötigen Stoff auf ihrer Haut abzulegen. Jetzt fehlte er ihr. Halius fehlte ihr. Denn nur ihm wollte sie sich noch zeigen.

Sie wischte sich eine Träne aus dem Auge und legte ihren Kopf auf das goldene Bett.

Wie viel Zeit war vergangen? Es war unmöglich zu erkennen, ob bereits der Tag angebrochen war. Vielleicht wurde es in der Nähe dieses Ackers der Toten gar nicht Tag. All diese Menschen waren gefangen in ihrer persönlichen Schuld. Sie roch es regelrecht. Den Moder und die Verzweiflung.

»Wie hast du geschlafen?«

Ezya schreckte auf. Salm hatte neben ihrem Gefängnis auf einem Stuhl Platz genommen. Mit seinen Händen spielte er an einem Strohhalm herum.

»Wie lange sitzt du schon da?«, fragte Ezya und befreite sich umständlich aus ihrem improvisierten Bett.

»Ich halte Wache, hast du das vergessen?«

»Die meisten Menschen verachten Personen wie mich. Sie behandeln mich wie Luft oder schlimmer. Du bist anders«, sagte Ezya.

Salm erhob sich langsam und warf den Halm zurück in den Käfig. »Ich habe viele verdorbene Seelen gesehen. Ich erkenne das Böse in ihnen. Ich erkenne ihre Taten.«

Die Wanderin trat an die Gitterstäbe heran und hielt sich fest. »Erzähle mir von meinen, Salm. Was siehst du in mir?«

In sein Gesicht schlich sich ein Schatten. Ein Ausdruck der Trauer, so wie es Ezya interpretierte. »Der Abt sieht in immer mehr Reisenden das Böse. Er erkennt nichts anderes mehr. Nur noch Finsternis und Sünde. Ich habe abgrundtiefes Leid gesehen, Ezya. Ich zweifle. Ich zweifle an der Aufrichtigkeit des Glaubens.« Salm hob die Brauen und fügte schnell hinzu. »Nicht am Glauben selbst. Sondern den des Abtes, verstehst du? Ich denke, dein Begleiter und du seid unschuldig. Ihr wart zur falschen Zeit am falschen Ort.«

Ezya schluckte, denn ihr wurde in diesem Augenblick klar, wie blind Salm doch eigentlich war. »Ich gebe zu, nicht immer eine vorbildliche Gläubige gewesen zu sein. Aber ich habe Halius nicht in meinen Bann gezogen. Das könnte ich gar nicht. Er ist ein aufrichtiger Mann. Sein Glaube ist stark, verstehst du? Ihn sterben zu lassen, wäre eine Sünde.«

Salm nickte bestätigend. »Ich will helfen, Ezya. Wie kann ich dir helfen?«

»Ich muss hier raus! Ich muss seine Wunde versorgen. Ich kann das, glaube mir.«

Ihr Gegenüber drehte sich plötzlich um und griff nachdenklich an sein Kinn. Seine Augen wanderten durch das Zelt und dann sah er wieder zu Ezya. »Ich kann dich nicht befreien. Ich habe keinen Schlüssel für die Dämonenfalle.« Er machte eine Pause und es schien, als ob er über etwas nachdenken würde. »Aber ich werde nach deinem Freund sehen. Vertrau mir, ich bin ein guter Heiler. Ich schleiche mich in das Sanitätszelt und spreche mit ihm.«

Auf Ezyas Gesicht legte sich ein Lächeln. »Das würdest du tun? Bitte stelle ihm eine Frage, die mir schon lange auf der Seele brennt und die ich mich nie getraut habe auszusprechen. Wenn er seiner Verletzung erliegen sollte, und ich bete, es werde nie so weit kommen, dann brauche ich Gewissheit. Frage ihn, ob er mir verzeiht, eine Sünde mithilfe einer anderen verhindert zu haben.«

Ihr Gesprächspartner sah sie durchdringend an, dann nickte er schließlich und verließ das Zelt.

Die junge Buhlteufelin blieb noch eine Zeit lang in ihrem Gefängnis stehen. Ihr Blick schweifte durch den Raum. Das Zelt war lediglich ein improvisiertes Gefängnis. Überall standen Holzkisten und Gerümpel herum. Wahrscheinlich handelte es sich hier um eines der Versorgungszelte. Das Inventar war vernachlässigt und im miserablen Zustand. Aber ein Utensil stach Ezya ins Auge. Ein Spiegel, dessen Bild sie anstarrte. Sie hatte sich verändert. Subtil und auf eine Weise, die sie nicht an Äußerlichkeiten festmachen konnte. Ihre Augen blickten mahnend in ihre Richtung. Sie wollte Halius nicht enttäuschen, doch um diesem Gefängnis zu entfliehen, blieb ihr vielleicht nichts anderes übrig, als seine Regeln zu brechen. Eine Sünde dürfte nicht mit einer anderen vergolten werden. Ein zweischneidiges Schwert, welches je nach Situation Spiel zur Interpretation bot. Halius hatte es ihr gesagt, als das Feuer in ihr loderte und drohte sie zu verbrennen. Er konnte sie nicht sterben lassen. Und genauso erging es Ezya jetzt. Halius würde nicht in dieser Hölle sterben, weil sie es nicht zulassen würde. Auch wenn sie jetzt getrennt waren oder gerade deshalb. Sie hatte gesehen, was der Tod in diesem Land mit den Seelen der Menschen machte. Wunden schlossen sich, doch die Narben blieben bestehen. Für immer. Und sie veränderten eine Person auf unbeschreibliche Art und Weise. Löschten sie förmlich aus, ließen sie nur noch das sehen, was ihre Sünden ihnen offenbarten. Halius war voller Sünde und sie bezweifelte, dass er durch die kurzweilige Spielerei im Haus der Alten alles vergessen hatte. Der Fortschritt seiner Reise stand auf dem Spiel. Ihrer beider Reise.

Die Zeit floss zäh. Ezyas Gedanken kreisten ohne ein Ziel durch ihren Kopf. Die Ungewissheit nagte an ihr, wie die Ratten an den Kadavern der Toten.

Die Zeltplane wurde zur Seite gestoßen und das bekannte Gesicht von Salm erschien. Er hielt einen weiteren Becher in der Hand. »Hier habe ich etwas zu trinken für dich.«

»Wie geht es Halius? Gibt es etwas zu berichten?«, fragte Ezya aufgeregt.

Im Antlitz von Salm regte sich kein Muskel. »Es tut mir leid, Ezya. Er ist heute früh seiner Verletzung erlegen. Die Apothekarii konnten nichts für ihn tun. Seine Sünden wogen zu schwer.«

Die junge Dämonin atmete bewusst ein und aus. Sie musste jetzt jegliche Emotionen vergraben und keine voreiligen Schlüsse ziehen. »Konntest du noch mit ihm sprechen?«

Ihr Gegenüber nickte. »Er hat dir verziehen, Ezya.«

Das Stroh dämpfte den Aufprall ihrer Knie. Die Teufelin vergrub ihr Gesicht in den Händen. Still saß sie da und wartete.

Der Novize trat an ihren Käfig. »Es tut mir so leid. Ich wünschte, ich könnte dir bessere Nachrichten überbringen. Aber sei gewiss, du bist jetzt nicht allein. Ich gebe auf dich acht. Ich erkenne Unschuld, wenn ich sie sehe, Ezya. Und dir wird ein großes Unrecht angetan.«

»Du bist einer von ihnen. Es gibt keine Hoffnung mehr für mich«, sagte Ezya.

Sie hörte Metall klirren und lugte durch die Finger ihrer Handflächen. Salm hatte einen Schlüssel in der Hand und öffnete die Zellentür. Dann trat er ein und hockte sich neben sie. »Trink. Du musst Durst haben.«

Er reichte Ezya den Becher. Zögerlich ergriff sie ihn und roch an der Flüssigkeit.

»Wasser«, sagte Salm mit einem wohlwollenden Lächeln auf den Lippen.

Ezya nippte an der Flüssigkeit. Sie kannte den Geschmack. Doch ihre Art war robust. Sie konnte anders als Halius sogar Brackwasser trinken, ohne eine negative Wirkung zu verspüren. Dafür bekam sie von schönen Dingen wie Himbeeren Ausschlag.

Nachdem sie getrunken hatte, nahm ihr der Novize den Becher ab und stellte ihn an den Rand des Käfigs. Er berührte ihre Schulter. Strich ihr über den Rücken. Es wirkte

zärtlich und in einem Moment wie diesem würde es Kraft
schenken.

Ihre Blicke trafen sich und seine Hand fuhr durch ihr
schwarzes Haar. Verdrehte spielerisch ihre Strähnen.

»Was genau waren seine letzten Worte?«, fragte Ezya.

Der junge Mann neben ihr runzelte die Stirn. »Er hat
dir verziehen, Ezya. Nur das ist wichtig.«

»Salm!« Die Teufelin berührte den Novizen an der
Schulter.

Dieser schnaufte und in seinen Augen blitzte für einen
Moment etwas Dunkles auf. »Er sagte mir so etwas wie:
Taten würden an ihren Alternativen bemessen. Je weniger
es von ihnen gäbe, desto mehr würde das Sündhafte an einer Handlung verblassen. Was soll das bedeuten?«

Auf Ezyas Zügen entstand ein Lächeln. »Er wird mir
mein Handeln verzeihen. Das bedeutet es.«

Sie strich Salm die Wange entlang. Ihr Mund öffnete
sich leicht und ein Hauch streifte seine Lippen. Seine Atmung ging schneller und in seinen Augen entstand auf einmal ein tiefer Glanz.

»Du bist ein Diener des Glaubens und doch ist dein
Handeln von einer Niederträchtigkeit durchzogen, die ihresgleichen sucht, Salm«, flüsterte Ezya. In ihren Worten
schwang wieder ein verführerischer Singsang mit.

Ein leises Stöhnen drang aus dem Munde des Novizen.

»Du siehst die Dinge nicht so, wie sie sind, sondern nur
so, wie du es dir wünschst. Verstehst du? Ich weiß, dass
das kein Wasser war und keine Geste des Mitgefühls.« Mit
ihrem Zeigefinger berührte sie Salms Stirn. Er zuckte,
wich jedoch nicht zurück. Dafür war es zu spät.

Es war wie Moos, durch das Ezyas Hufe streiften. Er-
innerungsfetzen voller Dunkelheit und Schmerz. Sie sah

Frauen in Käfigen, in Gassen, auf Scheiterhaufen. Sie alle hatten ihm vertraut. Sie alle hatten in ihm die letzte Hoffnung gesehen, ihr Leben zu retten. Und sie alle waren bitter enttäuscht worden. Das war alles, was noch von ihm übrig war. Seine größte Sünde, die seine Seele auf ewig quälen würde. Sie zerstückeln und schänden, bis nichts mehr von ihr übrig bleiben würde. Er war verloren, dieser Junge. Dieses Monster. Seine Opfer reihten sich über den endlosen Horizont. Verfolgten ihn in seinen Träumen. Aber er war verdammt, seine Taten auf ewig neu zu erleben. Und er wurde dafür bestraft. Doch dieses Mal würde es das letzte Mal sein. Sein letztes Schauspiel. Sie war sein letztes Opfer. Und sie würde ihre Rollen in diesem Spiel verdrehen und verwirren. Bis zu dem letzten Moment, an dem es kein Zurück mehr gab.

»Weißt du, Salm, dir kommt gar nicht in den Sinn, dass der Abt dieses Mal tatsächlich die Richtige in diesen Käfig gesperrt hat. Oh, du bist so blind für die Wahrheit. Doch ich werde dir die Augen öffnen. Für einen kleinen Moment wirst du sehen, wohin dich deine Taten geführt haben. Aber wenn es dir Trost spendet, dann sei dir gesagt: Ich werde es nicht genießen. Das hast du nicht verdient.«

Der Novize reagierte auf Ezyas Worte lediglich mit einem Zucken. Ein kleiner Funke Wille, den sie ihm gelassen hatte. Er würde sehen, endlich sehen.

Ihre Hand streifte seinen Oberkörper entlang nach unten. Das Zucken in seinem Leib wurde stärker.

»Tu es!«, befahl Ezya.

Der Novize reagierte. Er zog seine Robe hoch, entblößte seine Scham. Doch Ezya würdigte ihn keines Blickes. Sie sah in seine Augen, fixierte ihn, lachte innerlich über seinen hoffnungslosen Versuch zu widerstehen.

Sie setzte sich vor ihn und öffnete die Beine. Die Bewegung ihrer Hand trieb die Spannung in seinem Körper auf die Spitze. Sie legte sich in das Stroh. Er beugte sich über sie.

Dort war ein Feuer in ihrem Unterleib. Doch es war anders. Es war kalt und ohne Leidenschaft. Sie fühlte sich wie betäubt, während er in sie eindrang. Ihre Hände umfassten seinen Hals, fixierten ihn in seiner Stellung.

Dieses Mal spielte sich der Kampf nicht in ihrem Körper ab, sondern in ihrem Geiste. Sie sah es in seinen Augen. Die Verzweiflung, die sein Scheitern mit sich brachte. Er trieb schnurstracks auf einen endlosen Abgrund zu. Jede seiner Bewegungen brachte ihn einen Schritt näher an sein Ende. Und dann zerbrach der Schleier auf seinen Augen. Ezya zwang ihn, zu sehen und zu fühlen.

Ein panisches Stammeln entwich Salms Mund. Er sah sich verwirrt um, betrachtete sich selbst bei dem, was er tat, ohne darauf Einfluss nehmen zu können.

»Nein, du Teufel!«, stotterte er. Tränen sammelten sich in seinen aufgerissenen Augen und dann folgte der letzte Akt des Spiels, welches sie beide darboten. Das letzte Keuchen einer verdammten Seele, die ihr Ende fand.

Ezya legte die Beine um seinen Körper und drehte sich nach rechts, sodass sich ihre Positionen tauschten. Das Zucken in seinem Leib wurde stärker. Speichel lief aus Salms Mund. Sein Keuchen wandelte sich in ein gequältes Röcheln. Er wurde bleich und sein Gesicht wirkte plötzlich ausgemergelt und alt. Seine Augen wurden stumpf und jegliche Spannung in seinem Körper verebbte.

Eine Art Brennen durchflutete Ezyas Leib. Es stieg in ihr auf, bewegte sich zwischen ihren Beinen in Richtung Bauch und Brust. Ihr Herz schlug so schnell wie lange nicht mehr. Langsam stand sie auf und entstieg der Hülle unter ihr. Ihre Finger umfassten die runenbesetzte Fessel um ihren Knöchel. Die Kraft, die ihr Salm geschenkt hatte, sprengt den Eisenring in mehrere Stücke. Jetzt würde sie niemand mehr aufhalten.

Ihr Ziel war klar. Sie riss sich ein Stück von der Robe des Novizen ab und säuberte sich notdürftig. Dann trat sie aus dem Käfig.

Die junge Teufelin wusste nicht, warum sie vor den Spiegel trat. Ihr Bild hatte sich abermals verändert. Sie strotzte vor Kraft. Doch diese hatten ihren Preis gehabt. In ihren Augen brannte ein Feuer. Eine Macht, die durch nichts und niemanden aufgehalten werden konnte. Zwischen ihren Haaren stachen sie hervor. Ihre kurzen Hörner waren gewachsen. Der Preis, den sie zahlte und der sie näher an das Tier brachte und vom Menschen entfernte. Doch in ihrem Herzen war sie verblieben. Und wenn es Zeit wurde, dann würde ihre Liebe das Tier vertreiben. Wenn sie Glück hatte, für immer.

Mit ausschweifenden Sprüngen verließ die Teufelin das Zelt. Der Mond war aufgegangen und verbreitete sein milchiges Licht. Das Lager bestand aus heruntergekommenen Zelten. Sie mussten Jahrhunderte der Witterung getrotzt haben und lagen wie in der Zeit eingefroren auf einem Plateau über dem Acker. Die Schlacht war verloren, schon lange. Doch diese Soldaten hier, sie verblieben im Anblick ihrer Schande.

Ein Weg führte rechts des Versorgungszeltes ab. Gegenüber dem Eingang lag eine Fläche mit Lagerfeuer. Die schattenhaften Männer, die dort verweilten, rührten sich nicht. Sie waren verblasste Schemen und nur noch Relikte einer langsam vergessenen Schuld.

Ezya sprang weiter und folgte dem Weg. Sie wusste aus den Erzählungen von Halius, wo die Verwundeten und Sterbenden aufgebahrt wurden. Der Pfad zwischen den Zelten wurde vom Hauptweg des Lagers gekreuzt. Das Zelt der Apothekarii lag vor ihr. Es war in Weiß gehalten. Zumindest sollte es einmal weiß gewesen sein, denn die Plane war mittlerweile von Schmutz besudelt und gelblich verfärbt.

Der Hauptpfad führte auf eine weitere Anhöhe, auf der ein großes Zelt stand. Der Kommandostand des Regiments, stellte Ezya fest. Zwei Silhouetten flankierten den Weg. Wie stumme Eichen standen die Schwerter des Glaubens da. Sie beobachteten die Teufelin. Sie konnte es förmlich spüren. Doch sie warteten. Worauf, blieb ein Rätsel.

Vor ihr erhoben sich dunkle Gestalten, krochen aus den nebenstehenden Zelten und torkelten auf die Teufelin zu. Ihre Aufmerksamkeit richtete sich nach rechts. Der Infanterist, der zwischen dem Stoff einer Unterkunft hervortrat, starrte Ezya an. Sein eingefallenes Gesicht verzerrte sich zu einem Schrei. Doch die Teufelin war schneller.

Wie ein Blitz schlitterte sie über den aufgeweichten Boden, packte den Mann am Schopf und riss seinen Kopf nach hinten. Ein gurgelnder Laut entsprang seinem geöffneten Hals. Lässig warf sie den Körper nach hinten und er flog wie ein Spielzeug über die verfallenen Baracken hinweg.

Weitere Soldaten traten aus den Schatten. Sie schienen von überall her zu kommen und doch von nirgendwo.

»Bestie!«, schrie ein Mann.

Das war Ezyas Zeichen. Jetzt würde sich zeigen, ob ihr Wille und Halius' Ausbildung reichten, um ihn zu befreien.

Die Infanteristen preschten auf sie ein. Geschickt sprang die junge Teufelin zur Seite und wich einem Gladius aus. Parallel ihrer Ausweichbewegung schwang sie ihren Schwanz wie einen Flegel durch die Luft. Ein Tanz folgte, eine Symphonie aus Schönheit und Schrecken. Das Gesicht eines Angreifers schälte sich vom seinem Schädel. Ezyas verlängertes Hinterteil trotzte jedem Widerstand. Ihre Faust durchschlug Rippen und ihre Hand befreite ein verdorbenes Herz.

Für sie verlief der Kampf wie in Zeitlupe. Jeder Bewegung, jedem Angriff, ja jedem Atemzug ihrer Gegner folgte ein Konter. Zu schnell, um ihm zu entrinnen. Zu stark, um ihn zu stoppen. Das Kreischen der Männer um sie herum verstummte allmählich. Dort waren nur noch Körper im rot schimmernden Matsch und der Mond war ihr Zuschauer.

Das Läuten einer Glocke erklang.

»Befreit von der Last in deinem Inneren wirst du ihm geben, was er verdient, mein Kind. Das Lamm, das du geschlachtet hast, hatte es verdient, genau wie die Seelen dieser Männer. Versagen wird nicht geduldet. Versagen beraubt uns, verzerrt den Glauben, den wir lieben. Wir alle leben in dieser Hölle. Wir alle frönen dem Versagen in der Hoffnung auf Vergebung.«

Ezya sah hoch in die zugenähten Augen des Abtes. Seine groteske Größe ließ ihn alles andere als menschlich wirken.

I'm not far to see
Her voice is calling me
I've set my heart free
It is his to steal
As my soul is come down

I've felt you had
Bound me to things I need
Come understand
I lift my fault to you
I've felt you had
Bound me to sins I
Don't understand
My heart it falls apart

»Du siehst die Wahrheit und tust nichts. Die Soldaten leiden, doch du kennst keine Vergebung. Du kennst nur Schuld und Hass. Du predigst den Glauben und doch entspringt deinen Worten nur die Verzweiflung«, entgegnete Ezya selbstsicher.

Der Abt schmiss die Glocke neben sich auf den Boden. »Es kann nur der Vergebung gewähren, der sich selbst vergeben kann, mein Kind. Der Ritter in diesem Zelt hat dir vergeben, nicht wahr? Doch diese Geste hat keinen Wert, wenn du sie dir nicht selbst zuteilwerden lässt. Deine

Erlösung sind nicht die Taten anderer. Sie wächst aus dir selbst. Erblüht in einem warmen Sommerlicht. Sie ist ein Leuchtfeuer für jene, die dich mit Missachtung gestraft haben. Doch in ihr verbirgt sich ein Keim. Ein Samen für das Gute in uns allen.«

Endless sorrow
I don't see the use to you
I doubting in
I doubting in
But you counter
You give me sight so bright
As my soul is coming down

I've felt you had
Bound me to sins I need
Come understand
I doubting in
I doubting in
Don't understand
As my soul it falls apart

Der Mann nahm seine Kopfbedeckung ab und warf sie wie die Glocke auf die Erde. Dann breitete er die Arme aus. Seine langen Finger spreizten sich. Wie Klauen wirkten sie auf Ezya. Dann führte er beide Zeigefinger an die Nähte seiner Augen. Die Teufelin sah den Druck auf seiner Haut, den er ausübte. Blut rann sein Gesicht herab und er trennte langsam, doch ohne zu zögern, seine Lider auseinander.

»Vergib mir, mein Kind. Ich sah die Wahrheit und ich habe mich ihr verschlossen. Ich war nicht bereit für sie, habe sie nicht verdient. Ich begegne dir mit Demut und in der Hoffnung, meine letzte Prüfung zu meistern.« Hinter den Lidern des Abtes befand sich nur Dunkelheit. Er hatte seine Augäpfel schon vor langer Zeit entrissen. Er sank auf die Knie und hielt Ezya seine Hände entgegen.

»Du siehst es schon lange. Und doch bist du nicht über deinen eigenen Schatten gesprungen. Du hättest Gutes bewirken können. Du hättest diesen Menschen helfen können. Warum hast du geschwiegen?«, fragte Ezya.

»Du kennst die Wahrheit, Ezya. Du trägst sie in dir. Du selbst warst voller Zweifel. Du selbst hast den Schriften deine Seele anvertraut, genau wie ich. Doch wenn die Grundfesten deines Glaubens erschüttert werden, dann entbrennt ein Konflikt. Ein Krieg in deinem Herzen, der deine Unschuld raubt. Ich zweifelte. Ich zweifelte an mir selbst. Alles, was ich im Leben vollbracht hatte, wandelte sich in Versagen. Ich muss dich fragen, Dämonin: Was hat deine Zweifel begraben? Was hat dich an dein selbst glauben lassen?«

Ezya schluckte. War die Narbe in ihrem Inneren doch noch frisch und empfindlich. Sie war eins mit sich geworden. Sie glaubte an ihre Gefühle und ihre Aufrichtigkeit. Sie war kein Monster, wie es in den Schriften des Glaubens beschrieben wurde, ohne Gefühle und ohne ein Recht auf Liebe. Ihre Mutter hatte ihr diesen Keim in die Wiege gelegt. Und er war gewachsen. Es war kein Zufall, auf Halius getroffen zu sein, nein. Es war Absicht und erfüllte einen Zweck.

»Es war die Liebe. Ich würde alles für Halius geben, verstehst du? Ich würde meine Seele verdammen, wenn ich ihn dadurch zu retten vermag. Die Erkenntnis hat mich verändert. Wenn ich bereit bin, mich selbst zu opfern, um das Leben eines anderen zu retten, dann kann ich kein Monster sein. Dann bleibt nur eine Schlussfolgerung übrig. Der Glaube spiegelt nicht das wider, was ist.«

Der Abt nickte abgehackt und senkte den Kopf sowie seine Hände. »Was bin ich ohne den Glauben?«

»Die Schriften geben uns nur eine Orientierung. Jede Doktrin, die unfähig ist, sich dem Wandel der Zeit zu unterwerfen, wird an Bedeutung verlieren. Hass und Verzweiflung lassen uns die Veränderungen ablehnen, die es braucht, um in die Zukunft zu blicken. Deine Entscheidungen, die du getroffen hast, mögen falsch gewesen sein. Sie mögen Menschen verletzt haben oder Schlimmeres. Doch sie nehmen dir nicht die Möglichkeit, anders zu handeln und Buße zu tun. Wer sind wir, die Propheten zu Göttern zu erheben, die unfehlbar unseren Weg leiten?« Ezya näherte sich dem Mann, der selbst kniend immer noch einen halben Kopf größer war als sie.

Er hob sein Haupt. Ezya legte eine Hand an seine Wange. »Ich vergebe dir. Du musst deiner Wege ziehen. Du hast lange genug gekämpft.«

Auf dem zerfurchten Gesicht des Abtes entstand ein Lächeln. Er verschränkte die Arme vor der Brust. Ein Schmatzen erklang und der Boden gab ein saugendes Geräusch von sich. Es war wie bei dem Soldaten. Langsam, aber unaufhörlich versank der Mann des Glaubens im Morast des Lagers.

Welche Lehre sollte sie aus diesem Erlebnis ziehen? Ein vermeintlich Sehender, der blind war für das Offensichtliche. Und ein vermeintlich Blinder, der mehr sehen konnte, als seine Taten es vermuten ließen.

Im Zelt waren mehrere Körper aufgebahrt. Ezyas Herz machte einen Sprung und sie befürchtete schon, Salm hätte die Wahrheit gesagt und Halius wäre verstorben. Doch unter den Skeletten und halb verwesten Menschen, die hier lagen, erblickte sie Halius' Gesicht. Schnellen Hufes näherte sie sich und hielt ihr Ohr an seinen Mund. Er atmete noch, wenn auch flach. Noch war Zeit.

Von draußen hörte sie Stimmen. Da waren noch mehr Soldaten. Hier konnte sie ihm nicht helfen. Die Gefahr war zu groß, von diesen einfältigen Seelen überrascht zu werden. Sie legte sich Halius über die Schulter und verließ das Zelt.

Veränderung

Die Schreie der Soldaten hinter ihr scherten sie nicht. Die Teufelin war schneller als jeder Mensch es je sein würde. Ihr Ziel war klar. Sie musste die Alte wiederfinden, auch wenn sich ihr die Erkenntnis aufdrängte, dass kein Weg zu ihrer Hütte führen würde.

Mit Halius über der Schulter lief sie den Pfad über den Acker der Toten zurück zum Wald, aus dem sie gekommen waren. Hier musste es doch einen Hinweis geben, der sie zurück zur verfallenen Hütte dieser Hexe führte.

Es war dunkel. Das Mondlicht drang kaum durch die dichten Äste und Blätter der Bäume, die wie bedrohliche Schatten ihren Weg flankierten. Ezya vernahm ein Rascheln zu ihrer Linken und erhöhte ihr Tempo. Nicht auch noch Raubtiere, dachte sie.

Der Pfad machte eine enge Kurve, die ihr unbekannt vorkam. Dabei war sie mit Halius doch nur geradeaus gegangen. Dieser Wald veränderte sich und den Grund dafür wollte sie gar nicht erst wissen.

Etwas lag auf dem Boden vor ihr. Sie ging langsamer, doch auch als sie fast vor dem Objekt stand, konnte sie nicht erkennen, was es war. Sie hätte fast aufgeschrien, doch ihre Stimme versagte. Das Ding wandte sich hin und her. Dann hob es seinen Kopf. Ein Zischeln stieß aus dem Maul der Schlange, die mit funkelnden Augen in Ezyas Richtung starrte.

Das Tier war riesig und auf einmal war sich die Teufelin nicht sicher, ob ihre Kraft gegen dieses Ungetüm ankam. Für den Räuber wäre es ein Leichtes gewesen, Halius und sie im Ganzen zu verschlingen. Doch etwas im Blick des Reptils ließ Ezyas Herz langsamer schlagen. Die Schlange neigte den Kopf, ihre gespaltene Zunge schlug aus ihrem Maul.

»Was hast du jetzt vor? Um Hilfe bitten, Dämonin? Ist es das, was du willst?«, zischelte die Schlange.

Ezya sagte nichts, doch sie nickte bedächtig.

»Dann folge mir, aber nicht ich kann dir helfen. Das kannst nur du selbst.«

Das Tier schlängelte sich langsam in Richtung Waldrand. Ezya zögerte.

»Zögere nicht. Ich geleite dich zu deinem Ziel, mein Kind«, sagte die Schlange.

Das Reptil führte Ezya durch das Unterholz. Die Dunkelheit umzingelte sie und es war nicht einmal mehr möglich, die eigene Hand vor Augen zu sehen. Dann stach das Licht des Mondes durch die Blätter des Waldes und vor Ezya ging die alte Frau.

Sie sah sich mit ernster Miene über die Schulter. »Ich habe dich gehört. Deinen Ruf, noch bevor du ihn hast verlauten lassen.«

»Warum hilfst du uns noch einmal? Was hast du davon?«, fragte Ezya misstrauisch.

Die Alte lachte. »Oh, interpretiere mein Handeln nicht leichtfertig. Ich habe meinen Nutzen und du wirst es sehen.«

Der eingefallene Schuppen tauchte aus der Dunkelheit auf und dann sah Ezya auch die Hütte der Alten. Das Licht brannte wieder und Rauch drang aus dem Schornstein.

»Wie ist das alles hier möglich?«

»Deine Vorstellung von dem, wo du dich befindest, basiert immer noch auf den Lehren, die du in deinem Köpfchen gespeichert hast. Aber das alles hier entspringt nicht der Realität. Es entspringt aus dem Inneren derjenigen, die hier leiden.«

Die Frau öffnete die Tür und ließ Ezya den Vortritt. Halius bekam die Türzarge an den Kopf und die Teufelin biss schuldbewusst die Zähne zusammen.

»Lege unseren Ritter auf die Schlafstätte. Du weißt ja noch, wo sie sich befindet«, wies die Alte sie an.

Behutsam bettete Ezya ihren Begleiter auf die Felle im Nebenabteil der Hütte. Er atmete, schien also stabil zu sein. Fragte sich nur, wie lange das noch so bleiben würde.

Die Alte hatte sich auf ihren Sessel gesetzt und ihre Füße auf einen Schemel nahe dem Kaminfeuer gebettet.

»Du kannst dich in eine Schlange verwandeln?«, fragte Ezya, nachdem die Alte keine Anstalten machte, auf sie zu reagieren.

Die schrumpeligen Augen der Hexe fixierten Ezya. Dann lächelte sie plötzlich. »Wie kommst du auf so etwas?

Du solltest dich lieber um deinen Begleiter kümmern. Er wird seiner Verletzung erliegen, wenn nicht bald etwas geschieht.«

»Ich hatte gehofft, du könntest ihm helfen. Was soll ich tun? Ich bin keine Heilerin«, antwortete Ezya.

Die Alte hob beide Brauen. »Und ich? Ich kann dir in Fragen des Okkulten zur Seite stehen, aber eine Stichwunde zu versorgen … Nein, so etwas kann ich nicht.«

Ezyas Blick wanderte verunsichert im Raum umher. Was sollte sie tun? Sie brauchte etwas zum Reinigen der Wunde und zum Verbinden.

Die Alte schüttelte den Kopf. »Denk nicht einmal daran, mein Kind. Die Rettung deines Gefährten kommt nicht von außen, sie kommt von innen. Du befindest dich an keinem Ort, an dem es körperliche Wunden zu versorgen gibt. Wir sind alle nur ein Spiegel unserer eigenen Seele, Ezya. Eine Heilung kommt aus dem Inneren.«

»Ich weiß nicht einmal, ob sich wiederholen lässt, was am Lagerfeuer geschehen ist«, entgegnete Ezya.

»Mein Kind. Du hast in deinem Herzen etwas befreit, was über alles hinausgeht, was der Glaube uns weismachen will. Ja, du kannst Leben nehmen, es vernichten. Aber die Lehren der Propheten erzählen nur die halbe Wahrheit, nicht? Wo die Dunkelheit Einzug hält, da war das Licht. Und es ist noch da. Es sind zwei Seiten einer Medaille, die nicht isoliert sind.«

Ezya nickte. »Ich bete, du hast recht, alte Frau. Ansonsten bin ich auf ewig hier verdammt.«

Die junge Teufelin wandte sich dem Schlafplatz zu. Sie kniete sich nieder und schmiegte ihren Körper an den von Halius. Ihr war plötzlich kalt und sie zitterte. Die Felle, die sie über Halius und sich bettete, schenkten ihr keine

Wärme. Sie hob die Hand und legte sie dem Ritter an die Wange. Dann schloss sie die Augen.

Der Raum, in dem sie sich befand, war verzerrt. Die Strukturen der Möbel und der Wände zogen lange Schlieren und waren nur unscharf zu erkennen. War es bereits zu spät und Halius würde seiner Verwundung erlegen? Das durfte nicht sein, mahnte sich die Dämonin und rieb sich energisch die Augen.

Ein neuer Versuch und diesmal klärte sich ihre Sicht. Die Konturen ihrer Umgebung zogen sich zusammen und nahmen feste Formen an. Sie kannte den Ort, an dem sie sich befand. Es war Viallas Zimmer.

Das Bett war benutzt und als Ezya ihre Hand auf das Laken legte, war es noch warm. Ihre Hand. Es war wieder nicht die ihre. Sie ging barfuß zum Spiegel und blickte in das Gesicht der blonden Frau.

»Schon wieder du«, sagte sie zu ihrem Bild.

Ein Poltern war zu hören. Es waren Stiefel, die die Treppe zum Schankraum hinaufhetzten. Erst hatte Ezya die Vermutung, der Traum, dem sie schon einmal beigewohnt hatte, würde sich wiederholen, doch dafür waren die Schritte zu schnell.

Die Zimmertür wurde aufgerissen und Halius stürzte in den Raum. Nachdem er Ezya erblickt hatte, hielt er inne.

»Du hast es geschafft, den Propheten sei Dank. Wo sind wir?«, fragte er aufgeregt.

»Wir sind wieder bei der Alten. Ich habe mich befreien können und dann habe ich dich in den Wald geschleppt. Irgendwie wusste sie von unserer Not«, antwortete Ezya.

Halius schloss die Tür hinter sich. Er trug nur eine Hose, Stiefel und sein weißes Hemd, welches bis zur Brust aufgeknöpft war. »Sie hat dich zu ihrer Hütte geführt? Dann müssen wir fort von hier.«

Ezya verzog das Gesicht und schüttelte den Kopf. »Was? Warum? Was ist mit der Alten?«

Im Gesicht des Ritters entstand ein sonderbarer Ausdruck, den Ezya nur schwer deuten konnte. »Ich weiß es nicht. Aber mein Gefühl sagt mir, sie spielt mit uns. Mir bereitet Sorge, nicht zu wissen, was ihre Absichten sind. Kaum verlassen wir die Hütte, geraten wir an Fanatiker. Das ist die ganzen Jahre nicht geschehen und jetzt in kurzer Zeit zweimal hintereinander. Es spitzt sich etwas zu, drängt uns an ein Ziel, welches wir nicht sehen. Ich mag es nicht, die Kontrolle zu verlieren, verstehst du?«

Die Teufelin trat einen Schritt auf Halius zu und nickte. »Ich weiß. Der Abt im Heerlager wusste, wo er sich befand. Er hat mich nicht aufgehalten, als ich geflohen bin. Er flehte mich förmlich an, ihn zu erlösen.«

»Hast du es getan?«

Aus der Kehle der jungen Frau entsprang ein Krächzen. »Ich soll jemandem die Erlösung schenken? Eine Dämonin? Und trotz meiner Zweifel habe ich es getan, denke ich. Halius, ich muss dir etwas beichten.«

Der Ritter näherte sich und blieb vor Ezya stehen. Er hob die Hand und strich ihr über das Haar. »Ich weiß, was du getan hast, und es war notwendig, verstehst du? Ich lag falsch. Ich lag bei vielen Dingen falsch, die ich dir beigebracht habe. Und es schmerzt mein Herz, dir dunkle Gedanken bereitet zu haben. Der Zweifel, den du gegen dich selbst gehegt hast, ist unnötig. Du bist kein Monster und warst es nie. Du fühlst, du hasst, du trauerst. Und du liebst. Ich weiß, was du für mich in diesem Lager getan hast, Ezya. Und es war das Richtige. Es war der letzte Schritt, den ein Mensch machen kann, um wirklich unschuldig zu sein.«

Ezya sah auf, während Halius die Worte aussprach. Sie legte beide Hände an sein Gesicht und zog ihn zu sich heran. Doch ihr Gegenüber sperrte sich. »Nein, Ezya. Ich habe mich entschieden und meine Augen sehen klarer als je zuvor. Ich liebte Vialla mehr als alles andere auf der Welt. Und sie wurde mir genommen. Das Loch in meinem Herzen währte lange und die Trauer hat mich zerfressen. Doch die Lage hat sich geändert. Dort ist etwas Neues gewachsen in mir. Ich habe es lange verleugnet. Wenn ich aus dieser Hölle entfliehen will, dann muss ich es annehmen. Ich muss es annehmen und hüten, wie ich es vor langer Zeit getan habe.«

Die Veränderung wurde ihr erst bewusst, als sie ihre Hufe auf dem Holzboden klopfen hörte. Ezya sah an sich hinab. Vialla war fort.

»Halius, ich …« Ihr Gefährte unterbrach sie mit einem Kuss auf ihre Lippen. Kurz sahen sie sich einander tief in die Augen, abschätzend, was sie Neues erblicken würden. Sein Ausdruck hatte sich verändert, stellte sie fest. Sie erkannte das Funkeln in ihm. Es war das gleiche, welches er schon damals Vialla geschenkt hatte. Nur jetzt galt es ihr, ihr ganz allein.

Ezya schlang ihre Arme um den Hals ihres Gegenübers. Dieser griff ihr unter die Backen und hob sie an. Aus dem Munde der Dämonin entkam ein überraschtes Glucksen. Sie schlang die Beine um seine Hüfte, fühlte sein Begehr zwischen ihnen drücken.

Mit einem Scheppern fegten sie eine Karaffe von der Kommode neben dem Standspiegel und Halius setzte Ezya auf das Möbelstück. Er löste die Kordel seiner Hose und mit ein wenig Hilfe von Ezyas Seite fiel sie zu Boden.

Der Atem des Ritters ging stoßweise, so war all die Hemmung von ihm gefallen. Er liebkoste ihren Hals, saugte an ihrer Haut. Seine Hände umfassten ihre Brüste, ließen sie die Leidenschaft in seinem Inneren erahnen.

In Ezyas Lenden kam eine Wärme auf. Sie war viel sanfter als die stechenden Flammen, die sie kannte. Das Gefühl breitete sich in ihrem Bauch aus und berührte ihr Herz in einer Art und Weise, die ihr die Tränen in die Augen trieb. Tränen der Freude. Tränen, dem Gefühl entspringend, welches tief in ihrem Herzen wohnte und nun wie unter Druck nach außen zu brechen schien.

Seine Hand wanderte an ihrem Körper herab und er führte seine Spitze langsam zum Ziel. Ezya keuchte lustvoll, zog Halius an sich heran. Sein Körper schmiegte sich an ihren. Außen wie innen. Seine Bewegungen waren schneller und fester, als sie es von ihm gewohnt war. Die Schwingungen ihrer Körper stellten sich mit jedem Stoß mehr aufeinander ein. Sie waren eins in einer Form, die Ezya noch nie so intensiv gespürt hatte.

Halius stützte ihr mit den Händen den Rücken und hob sie wieder hoch. Eine Drehung nach links, dann zwei Schritte in Richtung des Bettes und Ezya lag, ehe sie sich versah, auf dem weichen Stoff des Schlafplatzes.

Sie zog ihre Beine weiter an. Gewährte ihm tiefen Einlass in ihr Heiligstes. Er fixierte sie. Blickte direkt in ihre Seele und sie in die seine. Es war ein Tanz, in dem sie sich beide gleichzeitig führten und in dem keiner von ihnen über den Körper des anderen herrschte.

Ein Stöhnen drang aus Ezyas Mund. Die Hitze in ihr erreichte den Siedepunkt. Das Ziehen in ihrem Inneren ließ sie die Augen zusammenkneifen.

Halius legte seine Lippen auf die ihren, erstickte ihr Stöhnen. Sie wusste diese Geste einzuordnen. Nahm er sich just in diesem Moment die Freiheit heraus, es ihr gleichzutun.

Ihr Körper spannte sich, ihr Inneres krampfte. Sanfte Kontrakturen, die sie schweben ließen. Halius' Stöße wurden kräftiger und langsamer. Er zog seinen Kopf zurück, keuchte.

In ihrer Vorstellung war es ein Leuchten in ihrem Inneren. Nicht das Ziehen, welches sie sonst verspürt hatte. Es war so anders, so neu. Der Ritter brach über ihr zusammen. Sie schlang die Beine um seine Hüfte und hielt ihn in Position. Sie wollte ihn weiterhin spüren, vereint mit ihm sein.

Er sah sie an und in seinen Augen erkannte Ezya bereits die Frage, die auf seinen Lippen lag. »Was passiert jetzt?«

Die Teufelin lachte. »Ich habe keine Ahnung!«

Halius schlief. Ein tiefer Schlaf, aus dem er nicht erwachte. Ezya sah besorgt auf. Die Alte war in den Schlafbereich getreten und hatte ihr eine Schüssel mit warmem Wasser gebracht.

»Säubere ihn. Er wird noch einige Zeit ohne Bewusstsein daliegen. Aber keine Angst. Seine Stichwunde ist verschwunden. Dein Handeln hatte Erfolg.« Die Frau stellte das Wasser neben Ezya auf den Boden und deutete auf einen Hocker in der Ecke des Raums. »Auch wenn es nicht deine Art ist, würde ich es begrüßen, wenn du dir etwas anziehen würdest. Auch wenn du es mir nicht glaubst, aber ich war einmal ein recht hübsches Ding. Das Kleid dort drüben sollte deine Größe haben.«

Die junge Teufelin nickte und ergriff den Lappen, der im Wasser trieb. Die Hexe kehrte zurück in den Wohnraum der Hütte. Ezya fragte sich, ob die Frau tatsächlich eine Hexe war. Es kam ihr nach der Begegnung mit der Schlange immer mehr so vor. Doch sie unterschied sich von den Berichten in den Schriften des Glaubens. Im Grunde hatte sie fast nichts mit ihnen gemein, denn oft wurden ganz normale Frauen als Hexen beschimpft und angeklagt. Allein ihr Äußeres hätte die Frau aller Wahrscheinlichkeit nach auf den Scheiterhaufen gebracht. Und ihre merkwürdige Art hätte zusätzlich dazu beigetragen. Sie war auf ihre sonderbare Art und Weise herzlich. Doch gerade jetzt hatte sie das Gefühl, sie verurteilte Ezya für das, was sie mit Halius getan hatte.

Nachdem sie den Körper ihres Begleiters gereinigt hatte, wusch sie sich ebenfalls. Die Auswirkungen ihres Abenteuers waren zwar nicht so offensichtlich wie bei Halius gewesen, doch nach den Erlebnissen im Heerlager fühlte sie sich nun besser.

Die Alte hatte ihr ein einfaches Kleid gegeben. Es passte wie angegossen und Ezya fragte sich, ob das tatsächlich Zufall war. Ein Kleid. Das entsprach so gar nicht ihren Vorstellungen. Wenn sie Kleidung trug, dann sollte sie zumindest praktisch sein. Dennoch fühlte sich der Stoff angenehm auf ihrer Haut an. Vielleicht war es der Teil von Vialla, der in ihr verblieben war und ihr Empfinden veränderte.

»Bitte hilf einer alten Frau und gehe nach draußen. Im Verschlag vor der Hütte findest du Holz. Das Feuer im Kamin braucht Nahrung«, sagte die Alte. Sie saß wieder auf ihrem Sessel und hielt ihre Füße nah ans Feuer.

Das Nicken, mit dem Ezya ihre Antwort kundtat, sah die Frau wahrscheinlich gar nicht. Aber das war ihr gerade egal. Ihre Gedanken kreisten immer noch um Halius. Wann würde er aufwachen? Die Alte hatte keine Bedenken geäußert, aber in der Teufelin trieb sich ein merkwürdiges Gefühl umher, welches sie noch nicht deuten konnte.

Sie verließ die Hütte und holte ein paarmal tief Luft. Die Nacht war kühl. War es Nacht? Oder einfach nur ewige Dunkelheit? Dieser Ort, er wurde immer sonderbarer und das machte Ezya Angst. Ihr fehlte Halius' Leitung, war sie doch noch nie so lange auf sich selbst gestellt gewesen.

Die Holzscheite waren feucht und sie würden schlecht brennen. Umständlich legte Ezya sich mehrere auf die Arme und war schon fast im Begriff zur Hütte zurückzukehren, doch ein Knacken ließ sie erschrecken. Sie drehte sich um und blickte angestrengt in die Dunkelheit. Ein Schatten trat hinter der Hütte der Alten hervor und näherte sich langsam. Der Umhang und die Rüstung erkannte sie auf Anhieb wieder. Der Ritter des Glaubens, der Halius erstochen und sie niedergeschlagen hatte. Die schattenhafte Gestalt nahm Form an. Diesmal trug sie keinen Helm. Etwas glänzte um den Hals des Ritters. Ein Emblem des Glaubens.

»Du? Wie ist das möglich? Warum?«, stotterte Ezya.

Sie bekam keine Antwort.

Sein Rücken schmerzte. Anscheinend hatte er sich stundenlang nicht bewegt, sondern nur wie tot dagelegen.

Halius stemmte sich auf und stöhnte. Er trug lediglich seine Unterhose. Dort, wo die Stichwunde sein sollte, war nichts mehr zu sehen. Ezya hatte es geschafft.

Er hörte, wie das Feuerholz im Kamin nebenan knackte. Noch etwas benommen, schlich er zur Trennwand und lugte vorsichtig in den Wohnraum der Hütte.

Die Alte saß vor dem Feuer und strickte. »Du scheinst wieder wohlauf zu sein, Halius.«

»Wo ist Ezya?«, fragte der Ritter, ohne auf die Worte der Alten einzugehen.

Die Frau sah auf und musterte ihn einen Augenblick. Dann legte sie das Strickzeug beiseite und erhob sich von ihrem Platz. »Ezya, Ezya, es dreht sich alles um Ezya. Du bist frei. Das Mal ist Geschichte. Warum hältst du an einer Dämonin fest? Als Ritter des Glaubens könntest du so viel mehr haben.«

»Was hast du mit ihr gemacht?«

Die Lippen der Alten verwandelten sich in einen schmalen Strich. »Du stehst vor einer Wahl, Halius. Dein Kampfgeist ist neu entfacht. Doch ich bin nicht überzeugt von deinem Weg. Verrate mir, was treibt dich an?«

»Du weißt, was. Mir ist nicht klar, aus welchem Grund du das alles hier inszenierst.«

Die Alte entgegnete mit einem Lachen. »Inszenierst? Du warst doch derjenige, der sich in der Melancholie verloren hat. Du warst derjenige, der aufgegeben hat. Und nur du allein hast dir diese Welt erschaffen. Deine ganz persönliche Hölle.«

Halius nickte langsam und sah einen Moment lang zu Boden. Dann hob er seinen Blick und fixierte die Alte. »Es sind Lügen, alles Lügen. Die Menschen werden benutzt, ja sogar die Ritter des Glaubens sind Opfer einer Litanei, deren Melodie so verdorben ist wie ihre Seelen. Ich habe es erst nicht erkannt. Den wahren Grund meiner Zweifel. Ich hatte mich in Zorn und Trauer verloren, die nicht nur durch mich selbst genährt wurden.« Seine letzten Worte sprach der Ritter deutlich lauter.

Die Hexe trat auf ihn zu und reichte ihm die Hände. Zögerlich folgte er der Geste. Ihre Finger waren kalt und rau. »Ich weiß. Ich weiß das. Doch wie weit gehst du? Warum einem Dämon vertrauen? Warum alles für ein Tier aufs Spiel setzen?«

Halius hob sein Kinn und hielt dem Blick der Alten stand. »Weil ich sie liebe.«

Im schrumpeligen Gesicht der Frau zuckte ein Muskel. Sie senkte ihren Blick und nickte. »Du wirst zeigen müssen, ob du die Wahrheit sprichst, alter Freund. Doch sei gewarnt. Dein Handeln wird höhere Wellen schlagen, als Amlika-Vasch es sich je zu träumen gewagt hätte.« Sie ließ seine linke Hand los und deutet auf die Tür, die zum Lager führte. »Geh! Du wirst dort finden, was du brauchst.«

Nach ihren Worten ließ sie von Halius ab und kehrte zurück zu ihrem Sessel, wo sie ihre Handarbeit fortsetzte.

Das Lager war klein. Es führte lediglich ein schmaler Gang zwischen zwei Regalwänden hindurch. Am Ende stand eine Truhe. Sie war unverschlossen und die Scharniere quietschten beim Öffnen.

Halius hatte die Kleidung ewig nicht gesehen, erkannte sie doch sofort wieder. Seine Offiziersuniform, das Kettenhemd und die Brustplatte mit der Ikone des Glaubens darauf gepresst. Sein Umhang schmiegte sich um seine Schultern. Der rote Wolfspelz umarmte ihn wie ein guter alter Freund. Er streifte seinen Schaller über den Kopf und kehrte in den Wohnraum zurück. Die Alte war fort. Vor der Eingangstür stand sein mit einem goldenen Griff versehenes Offiziersschwert. Er legte den Waffengurt um und verließ die Hütte.

Sein Weg führte ihn nur noch in eine Richtung. Er verließ den Wald und überquerte den Acker. Dort strahlte ein Licht am Horizont, welches die Nebelschwaden vertrieb. Das Lager wirkte wie ausgestorben. Keine Soldaten und keine Priester empfingen ihn. Die Planen der Zelte flatterten im Wind. Dunkelheit füllte ihr Inneres. Ein Pfad, der ihn schnurstracks zum Ziel seiner Reise lockte.

Auf dem Hügel, vor dem Kommandozelt, standen die stillen Wächter. Schwarzes Metall, welches der Ewigkeit trotzte. Sie warteten geduldig, hatten keine Eile. Am Wegrand empfing ihn ein Relikt aus seinem Leben. Doch wog die Bedeutung des Scheiterhaufens diesmal schwer. Schwerer als es jemals ein anderer hatte getan.

Die Dämonin Ezya trug ein Kleid. Ihr Anblick ließ Halius' Herz schneller schlagen. Sie war an den Pfahl gefesselt. Vor ihr stand er. Der Ritter mit dem braunen Umhang, seine letzte Prüfung.

»Halius, es ist –« Mit einer harschen Handbewegung unterbrach der unbekannte Kämpfer Ezyas Satz.

Langsam schritt er auf Halius zu und blieb in sicherer Entfernung vor ihm stehen.

»Wie tief bist du gesunken? Du jagst Gespenster. Du verkehrst mit dem Tier, welches wir geschworen haben zu jagen, Roter Wolf.«

Die blecherne Stimme des Kämpfers versetzte Halius einen Stich in sein Herz. Doch dieses Mal würde er es sich nicht entzweien lassen. Dieses Mal lag sein Weg klar vor ihm und er würde nicht weichen, damit Ezya und er diesen Ort endlich verlassen könnten.

Der Ritter hob die Hände und nahm seinen Helm ab. Blondes Haar fiel knapp über die stumpfen Schulterplatten seiner Rüstung. Vialla ließ ihre Kopfbedeckung vor sich auf den Boden fallen.

Sie deutete mit ihrer Rechten auf Ezya. »Du entscheidest dich für dieses Ding? Du, der den stärksten Glauben hatte, den ich je gesehen habe. Ich habe auf dich gewartet, Halius. Ich habe so lange auf dich gewartet. Wo warst du? Wo ist der Glaube, den ich so an dir geliebt habe?«

Der Rote Wolf schürzte die Lippen. Sein Atem ging ruhig und bedächtig. Kaum merklich bewegte er seinen Kopf hin und her. Seine Worte sprach er leise und mehr an sich selbst gerichtet als an sein Gegenüber. »Die Lügen, die uns gelehrt wurden, verlieren für mich ihre Bedeutung. Ich weiß, wer ich bin, und ich weiß, wer du bist. Egal, wohin mich mein Schicksal treiben wird. Es wird immer einen Platz in meinem Herzen für dich geben. Direkt neben dem von Ezya.«

Vialla zog ihr Schwert. »Ich will keinen Platz in deinem Herzen, Halius. Ich will, dass du mich endlich gehen lässt. Ich will frei sein. Frei, mein eigenes Glück zu finden.« Ihre weiteren Worte waren an Ezya gerichtet, obwohl sie sich nicht zu ihr umdrehte. »Ich beneide dich. Ich kenne dich. Ich habe gesehen, was du getan hast, und ich habe es genossen, noch einmal an seiner Seite gestanden zu haben. Vielleicht werden wir uns alle irgendwann einmal unter anderen Umständen wiedersehen. Und dann essen wir Himbeeren, selbst wenn der Ausschlag juckt und uns in der Nacht nicht schlafen lässt.«

Vialla lächelte und eine Träne rann ihre Wange hinab. Sie hob ihre Waffe, ein Schrei drang aus ihrer Kehle und was folgte war das Klirren von Metall.

Der Rote Wolf wich den Schlägen seiner Kontrahentin aus. Sie schlug wieder und wieder ins Leere. Seine Stärke war zurückgekehrt und selbst die Macht, die in seiner Gegnerin wohnte, war zu schwach, um ihn aufhalten zu können.

Vialla schnaufte. Sie zog die Brauen tiefer und verfolgte Halius mit ihren Angriffen. Doch dieser wich zurück, umging sie wie ein Wolf, der seine Beute einkesselte. Es folgte ein Tritt in die Seite der Kämpferin, welcher Vialla ins Taumeln brachte.

Das Offiziersschwert schwang durch die Luft. Vialla bockte im letzten Moment.

»Du wirst mich nicht aufhalten! Und die Absicht, die du hier verfolgst, wird in einer Form scheitern, die du selbst nicht hast kommen sehen«, sprach Halius mit ruhiger Stimme.

Vialla fletschte die Zähne und ging erneut zum Angriff über. Ihre Schläge sausten haarscharf an Halius' Gesicht vorbei. Er verzog keine Miene. Mit seinem linken Fuß fegte er Vialla von den Füßen und sie landete im Matsch. Seine Klinge legte sich an ihre Kehle.

»Nein, Halius. Halte ein!«, rief Ezya in Richtung der Kämpfer.

Die blonde Frau verengte die Augen und funkelte der am Pfahl gefesselten Dämonin entgegen. »Was willst du mit deinen Worten bezwecken, Hure der Lust? Es muss hier und jetzt eine Entscheidung getroffen werden. Entweder er lässt von dir ab, oder er lässt mich endlich gehen.«

Ezya schüttelte den Kopf. »Die Vialla, der ich begegnet bin, hätte so etwas nie gesagt. Ich weiß, wie sehr sie Halius geliebt hat. Das tut sie noch immer. Keiner von uns ist nur an einen Menschen gebunden. Wir sind nicht dafür geschaffen, allein zu sein. Weder meine Art noch die Menschen und selbst die Propheten können sich dieser

Tatsache nicht entziehen. In die Zukunft zu blicken, bedeutet nicht, etwas Altes fallen zu lassen. In unseren Herzen ist genug Platz für mehr als einen Menschen. Platz für mehr als einen Freund. Und Platz für mehr als nur eine Liebe.«

Vialla senkte den Blick und schien einen Moment über die Worte, die sie gehört hatte, nachzudenken. »Und da lerne selbst ich noch etwas von einem Wesen, dem man die Intelligenz und Emotionen abgesprochen hat. Ich bin beeindruckt. Das habe ich mir kaum zu erhoffen gewagt.« Sie sah hoch in Halius' Gesicht, der seine Klinge keinen Zentimeter bewegt hatte. »Was ist? Willst du mir das Schwert, welches ich dir geschenkt habe, in die Kehle rammen? Ich hätte es verdient.«

Der Rote Wolf zog seine Waffe zurück und steckte sie ein. Dann hielt er Vialla seine Hand hin. Sie ergriff sie und kam damit wieder auf die Füße.

»Ich denke, eure Reise hat endlich ein Ende. Und meine damit auch. Kommt!«, sagte Vialla und stapfte in Richtung des Kommandozeltes.

Nachdem sie eine beiläufige Handbewegung gemacht hatte, lösten sich Ezyas Fesseln. Halius half ihr daraufhin dabei, vom Scheiterhaufen zu steigen. Sie legte ihre Hände um seinen Hals und er hob sie geschickt über die Holzscheite hinweg.

Die beiden Schwerter des Glaubens folgten stumm dem Marsch der drei in Richtung Zelteingang. Halius hörte das leise Dröhnen, welches die pechschwarzen Ritter verströmten, und Ezya klammerte sich mit angstvollem Gesichtsausdruck an seinen Arm.

Im Inneren des Zeltes stach den Wanderern ein grelles Licht in die Augen. Es erhellte die Umgebung und schien von überallher zu kommen. Halius sah, wie Ezya ihre Augen zusammenkniff, bis sie sich an das Licht gewöhnt hatten.

Der Innenraum, in dem sie sich befanden, war fast leer. Zentral gegenüber dem Eingang stand eine hölzerne Konstruktion. Sie war reichlich mit Schnitzereien verziert. Zwei rote Vorhänge verdeckten nebeneinanderliegende Eingänge.

Vor dem Beichtstuhl hockte die gedrungene Gestalt der Alten auf dem Boden. Halius hielt Ezyas Hand und beide umrundeten die Hexe. Ihre Hände waren zum Gebet gefaltet und ihr schrumpeliges Gesicht glänzte wächsern.

»Nur eine Hülle«, stellte Ezya erschrocken fest.

Halius bestätigte ihre Annahme mit einem Nicken.

Vialla verschwand hinter dem Vorhang auf der linken Seite des Beichtstuhls. »Tretet ein! Ich werde mit euch sprechen.«

Die Stimme aus dem Inneren war nicht mehr die von Vialla. Halius merkte, wie Ezya ihn mit offenem Mund anstarrte. Er nickte ihr wieder bestätigend zu, erkannte er doch, dass sie sich erinnerte, wo sie die Stimme schon einmal gehört hatte.

»Die Prophetin?«, flüsterte Ezya.

»Ja, du hast mich bereits in den Träumen unseres treuen Ritters kennengelernt. Der Scriniarii hat es mir erzählt.«

Zögerlich betrat Ezya die Beichtkammer und Halius folgte ihr. Im Inneren konnte er nicht mehr aufrecht stehen, doch das war auch nicht nötig. Rechts war eine Holzbank an die Wand angebracht. Gegenüber dieser befand sich ein in die Wand geschnitztes Gitter, welches kaum etwas von der gegenüberliegenden Seite erahnen ließ. Die beiden

Wanderer setzten sich. Halius bemerkte, wie Ezyas Hand zitterte und er umfasste sie mit etwas Druck.

»Eure Reise war anstrengend und nicht immer fair. Doch ich versichere euch, alle Entscheidungen, die ihr getroffen habt, waren eure eigenen. Das war wichtig, versteht ihr?«, sagte die Prophetin. Ihre Stimme klang blechern und ein Echo folgte ihren Worten.

»Warum das alles? Warum hast du uns aneinandergebunden? Einen Dämon und einen Ritter des Glaubens?«, fragte Ezya aufgeregt.

Es war Halius, der antwortete. »Du hast selbst gesehen, was geschehen ist, nachdem Amlika-Vasch die Festung unter ihre Kontrolle gebracht hatte. Ich wurde erwählt. Ich stieg auf und wurde von etwas Mächtigem berührt.«

»Die Prophetin hat dich zum Ritter des Glaubens gemacht«, sprach Ezya dazwischen.

Ein Kichern drang von der anderen Beichtkammer zu ihnen. »Oh, nein. Ich bin nur ein Werkzeug, meine Schöne. Die Macht, die mir gegeben, ist geliehen. Der, dessen Namen ich nicht nennen darf, beschenkt uns reichlich. Und ich wähle seine Krieger auf Erden aus, in denen ich das nötige Potenzial sehe.«

»Je mehr Glaube, desto mehr Macht. Das ist das Ziel. Aus diesem Grund herrscht Krieg. Und Dämonen verzehren den Glauben. Sie korrumpieren seine Essenz und er wird verdreht und falsch. Nicht mehr nutzbar. Das treibt den Hass gegen deine Art an. Nur die wenigsten stellen die Methoden der Propheten infrage«, erklärte Halius.

»Ja, das stimmt. Doch die Saat, die Amlika-Vasch gesät hat, schlug größere Wellen als gedacht. Es kamen Zweifel über unsere Motive auf. Nie öffentlich, sondern nur unter vorgehaltener Hand«, stimmte die Prophetin zu.

»Und du bist eine Zweiflerin?«, fragte Ezya.

Einen Moment lang kam keine Antwort von der anderen Seite. Als die Prophetin antwortete, lag etwas Trauriges in ihrer Stimme. »Nicht direkt. Meine Ambitionen waren aus einem anderen Vorfall geboren. Aber wenn ich ehrlich zu euch sein darf, hätte ich viel früher unseren Pfad infrage stellen sollen. Du hast deine Mutter getroffen, nicht wahr?«

Ezya nickte. Dann schien ihr bewusst zu werden, dass die Prophetin ihre Geste nicht sehen konnte. »Ja. Im Archiv der Scriniarii.«

»Es nahm seinen Anfang mit ihr. Dir ist es wahrscheinlich weniger bewusst, aber in unserer Welt zeigen sich Dämonen nicht unbedingt oft in ihrer wahren Gestalt. Du weißt selbst, wie leicht es dir fällt, in die Köpfe der Menschen einzudringen, ihre Gedanken zu durchstreifen und wenn es nötig wurde, auch zu manipulieren. Vor langer Zeit wurde ich um Beistand angerufen. Ein unbedeutendes Örtchen flehte um Hilfe. Es war von einem Dämon befallen worden. Die Bürger hatten Angst und beschuldigten sich gegenseitig, besessen zu sein. Ich weiß nicht, warum, aber aus irgendeinem Grund nahm ich mich der Sache an. Ein Wink meines Schicksals, wenn ihr es so beschreiben wollt.

Die Spur des Dämons war schnell gefunden. Er war tatsächlich durch den Schleier gebrochen und hatte seine wahre Gestalt angenommen.«

»Meine Mutter«, sagte Ezya nachdenklich.

»Ja, deine Mutter und du, Ezya. Du warst der Säugling, der an ihrer Brust saugte. So etwas hatte ich noch nie zuvor gesehen. Und sie hatte Angst, Todesangst. Sie flehte mich tatsächlich an, dich zu verschonen. Sie bot sogar ihr eigenes Opfer an, wenn ich dich an einen sicheren Ort bringen würde. Ich zweifelte an meinem Verstand. Eine Dämonin, deren Liebe so groß war, dass sie sich selbst zu opfern gedachte. Eine Dämonin der Lust, die ihr Junges um keinen Preis der Welt im Stich lassen würde.«

»Was ist geschehen?« Ezya wischte sich über die Augen und Halius legte seinen Arm um sie.

»Ich habe mit ihr gesprochen. Sie hat mir von sich und von dir erzählt. Ich brachte sie an einen Ort, an dem sie sicher war und ich verbrachte so viel Zeit wie ich konnte mit ihr. Lauschte ihren Worten, lernte ihr Wissen über deine Art. Das hat mir die Augen geöffnet und wir wurden Freunde. Und du, kleine Ezya, wurdest zu einem jungen Mädchen mit so vielen Fragen in deinem Kopf. Ich wünschte, ich hätte sie dir alle beantworten können. Doch die Gefahr näherte sich. Mein Verhalten erregte Aufmerksamkeit und eure Sicherheit war in Gefahr. Es war unvermeidbar gewesen.« Die Prophetin machte eine Pause.

Halius sah Ezya in die Augen und diese glasigen dunklen Sterne blickten ihn erwartungsvoll an. »Zur gleichen Zeit verlor ich meinen Kampfgeist. Ich hatte unzählige Schlachten geschlagen. Der Kampf war brutal und aussichtslos. Doch schlimmer war die Erkenntnis, Vialla nie wieder zu mir zurückbringen zu können. Egal, wiesehr ich mich anstrengen würde. Sie war fort und an einem Ort, den ich nicht zu erreichen vermochte.«

»Es hört sich banal an, aber einen Ritter des Glaubens, der seinen Mut verliert, hat es noch nie gegeben. Nach den traumatischen Ereignissen um Amlika-Vasch durfte das nicht geschehen. Es hätte die Grundfesten des Glaubens noch weiter erschüttert und womöglich andere Ritter seinem Beispiel folgen lassen. Da Halius mir am nächsten stand, kam mir die Aufgabe zu, ihn dazu zu bewegen, weiterzukämpfen. Doch wie ich das anstellen sollte, stellte mich vor ein großes Problem. Und dann waren da noch Rizla und du, Ezya.

Ich traf einen Entschluss, der mir lange Zeit ein schlechtes Gewissen eingebracht hat. Deine Mutter opferte sich für dich, Ezya. Und ich nahm mich deiner an. Ich band dich mit alter Magie an Halius. Wenn ein Dämon eine so reine Liebe für dich empfinden konnte, dann würde es ein Ritter des Glaubens doch auch können, so dachte ich. Halius musste seinen Kampfgeist wiederfinden. Er musste auf irgendeine Art und Weise seine Trauer und seine Wut besiegen. Er musste endlich die Augen öffnen.

Es war ein großes Risiko, das gebe ich ehrlich zu. Und ich war mir bei Weitem nicht sicher, ob es jemals zu einem Erfolg führen würde. Doch dann bemerkte ich die Veränderungen in Halius' Geist. Er hatte dich schnell in sein Herz geschlossen.«

Halius konnte ein Lachen nicht unterdrücken und Ezya sah ihn nur mit großen Augen an.

»Doch spätestens, nachdem mir der Scriniarii von eurem Treffen erzählt hatte und was du bei ihm ausgelöst hattest, Ezya, da wusste ich, der Weg, den ihr eingeschlagen hattet, war der richtige.«

»Was ist so wichtig an uns, an mir?«, fragte Ezya.

»Du stellst alles auf den Kopf, was wir von deiner Art wissen und denken. Die Schriften, die wir den Menschen gegeben haben, sind nicht von uns geschrieben worden. Zumindest nicht alle. Doch sie erzählen nur die halbe Wahrheit. Denkt nicht, ich hätte meinen Glauben verloren, nein. Aber ich bin jetzt davon überzeugt, wir müssen ihn neu interpretieren, damit er stärker werden kann. Er muss sich dem Wandel der Zeit anpassen, ansonsten scheitern wir. Ein Dämon wie du, der seine Seele für einen Ritter des Glaubens opfern würde, ist ein Segen. Ein Artefakt, welches meine Brüder und Schwestern überzeugen kann, einen anderen Weg zu bestreiten. Ich behaupte nicht, dass es einfach wird, aber es ist ein Anfang, eine Reformation, die sich wie ein Flächenbrand ausbreiten wird. Die Würfel für einen Wandel liegen gut.«

»Was geschieht mit uns?«, fragte Halius.

»Ihr seid frei. Ich benötige deine Dienste nicht mehr, Halius. Du kannst gehen, wohin du willst. Und das gilt auch für dich, Ezya. Ich verspreche dir, die Menschen werden dich nicht als Monster sehen, sondern so, wie du wirklich bist.«

Die beiden Wanderer sahen einander in die Augen. Halius drückte die Hand von Ezya und auf ihrem Gesicht erschien ein warmes Lächeln. Sie wandte sich noch einmal an die Prophetin. »Werden wir dich wiedersehen?«

Es erklang wieder ein Lachen von hinter dem Gitter. »Ich hoffe es doch. Ich werde auf deinen Rat zurückgreifen, wenn es um Fragen der Liebe geht. Doch jetzt geht! Geht euren Weg. Ihr habt meinen Segen. Ich beneide euch beide, wirklich.«

Halius erhob sich von der Bank und Ezya folgte ihm aus dem Beichtstuhl. Das Zelt hatte sich nicht verändert, doch dort, wo der Ausgang liegen sollte, war nur eine grelle weiße Fläche zu sehen.

Halius sah noch einmal zurück. Der rote Vorhang bewegte sich und dann lugte der Kopf der Prophetin hervor. Er nahm fast den gesamten Durchgang ein. Sie lächelte und deutete mit einem Nicken in Richtung des Leuchtens.

»Wohin gehen wir jetzt nur?«, fragte Halius seine Begleiterin.

»Ich möchte den Barden treffen und tanzen.«

Halius grinste. »Vor einigen Tagen hattest du noch große Angst, mit mir zu tanzen.«

Ezya runzelte die Stirn. »Das ist doch längst ein alter Hut. Ich tanze mit Vialla. Es wird Zeit, sie endlich persönlich zu treffen.«

Ende

Purificatio Sensualis – Soundtrack

Der Soundtrack zum Buch wurde von @Strange.Invitationmusic erstellt. Er ist separat erhältlich!

Der komplette Soundtrack
https://www.matthiaslange-autor.de/strange-invitation

Titelliste
S.46 – The Church
S.60 – Talking near the fire
S.92 – Dark Skies
S.177 – Dreamed World

www.chaosbooks.de

In unserem Buchshop finden Sie weitere spannende
Abenteuer unterschiedlicher Genres und Autoren!